KB165058

봄 술이나 한잔하세

태학산문선 118

봄 술이나 한잔하세

이규보 산문선

서정화 옮김

태학사

태학산문선
기획위원: 정민 · 안대회

태학산문선 118
봄 술이나 한잔하세

초판 제1쇄 발행   2009년 9월 30일
초판 제2쇄 발행   2011년 5월 25일

지은이   이규보
옮긴이   서정화
펴낸이   지현구
펴낸곳   태학사
등록   제406-2006-00008호
주소   경기도 파주시 교하읍 문발리 파주출판도시 498-8
전화   마케팅부 (031)955-7580~2 / 편집부 (031)955-7585~90
전송   (031)955-0910
전자우편   thaehak4@chol.com
홈페이지   www.thaehaksa.com

ⓒ 서정화, 2009
값은 뒤표지에 있습니다.

ISBN   978-89-5966-343-9 04810
          978-89-7626-530-2 (세트)

태학산문선을 발간하며

현대의 인간은 물질의 풍요 속에서 오히려 극심한 정신의 황폐를 느낀다. 새 천년의 시작을 말하고는 있지만 미래에 대한 전망은 여전히 불투명하다. 심심찮게 들리는 인문정신의 위기론에서도 우리는 좌표 잃은 시대의 불안한 징표를 읽는다. 모든 것이 불확실하고 혼란스러운 현실이다. 지향해야 할 정신의 주소를 찾는 일이 그리 쉬워 보이지 않는다. 밀려드는 외국의 담론이 대안이 될 것 같지도 않다. 그렇다고 그것을 대신할 우리 것을 찾아보기란 더욱 쉽지가 않다.

옛 사람들은 무슨 생각을 하며 살았을까? 그때 그들이 했던 고민은 지금 우리와 무관한 것일까? 혹 그들의 글쓰기에서 지금 우리의 문제에 접근하는 실마리를 열 수는 없을까? 좁은 시야에 갇히지 않고, 총체적 삶의 자세를 견지했던 옛 작가들의 글에는 타성에 젖고 지적 편식에 길들여진 우리의 일상을 따끔하게 일깨우는 청정한 울림이 있다. '태학산문선'은 그 맑은 울림에 귀를 기울이고자 한다.

세상은 변해도 삶의 본질은 조금도 변한 것이 없다. 그들이 일상에서 길어올린 삶의 의미들은 지금 우리에게도 여전히 뜻깊게 읽힌다. 몇 백 년 또는 몇 십 년 전 옛 사람의 글인데도 낯설지 않고 생경하지 않다. 이런 글들이 단지 한문이나 외국말, 또는 지금과는 다른 문체로 쓰여졌다는 이유 때문에 일반 독자들과 만날 수 없는 것은 참으로 안타까운 일이다. 좋은 글에는 향기가 있다. 좋은 글에는 글쓴이의 체취가 있다. 그 시대의 풍경이 배경에서 떠오른다. 글은 시간과 공간의 제약을 뛰어넘는다.

1930년대 중국에서는 임어당 등의 작가들이 명청(明淸) 시기 소품산문의 가치를 재발견하여 소품문학 운동을 전개한 바 있다. 낡은 옛것이 이러한 과정을 거쳐 다시 의미를 얻고 생생한 빛을 발하게 되었다. 이제 본 산문선은 까맣게 존재조차 잊혀졌던 옛 선인들의 글 위에 켜켜이 앉은 먼지를 털어내어 새롭게 선뵈려 한다. 진정한 의미의 '옛날'이란 언제나 살아 있는 '지금'일 뿐이다. 옛글과의 만남이 우리의 나태해진 정신과 무뎌진 감수성을 일깨우는 가슴 설레는 만남의 자리가 되었으면 한다.

정민 · 안대회

차례

原文

일러두기

1. 이 산문집은 이규보의 『동국이상국집(東國李相國集)』 전집(全集)
   과 후집(後集)(한국문집총간 영인본 1~2책) 중에서 함께 읽을 만한
   글을 뽑아서 번역한 것이다.
2. 작품마다 내용을 압축적으로 드러낼 수 있는 제목을 역자의 편의에
   따라 붙였다.
3. 작품 뒤에는 작품을 이해하는 데 도움이 될 설명과 감상을 붙였다.
4. 필요한 경우에만 주석을 덧붙여 이해에 도움을 주고자 하였다.
5. 원문은 표점을 붙여 책 뒤에 수록하였다. 다만 의미상 잘못된 글자는
   『동문선(東文選)』 등을 참고하여 [ ] 안에 알맞은 글자를 덧붙였다.
   예) 凡載錄[祿](「代仙人寄予書」), 無曰親眤[昵]而漏吾微(「自誡銘」)
6. 참고한 번역본은 『국역 동국이상국집』(민족문화추진회), 『리규보작
   품집(2)』(북한: 문예출판사), 『욕심을 잊으면 새들의 친구가 되네』
   (김하라, 돌베개)다.

이규보론

이 세상을 문학 속에 담으리

1.

이규보(李奎報, 1168~1241)는 고려시대 무신집권기(武臣執權期)에 활동한 문인이다. 태어난 지 석 달 만에 종기가 온몸에 퍼져 죽을 고비를 넘기기도 하였다. 아홉 살부터 문장을 지을 수 있었고, 조금 더 커서는 유가의 경전 및 불가·도가·제자백가 등 다양한 책들을 읽었다. 기억력이 뛰어나 한 번 보면 모두 기억하였다.

열한 살 때에는 작은아버지 이부(李富)가 동료들과 시회를 열면서 이규보를 데리고 갔는데, 그의 시 짓는 재주를 보고 탄복하지 않는 이가 없었다. 그래서 그를 기동(奇童)이라고 하였다. 14~5세 무렵에는 문헌공도(文憲公徒)가 되어 성명재(誠明齋: 최충이 설치한 9재의 하나)에 들어가 학업을 익혔다. 해마다 하과(夏課) 때면 시 짓기 대회를 열었는데, 이규보는 계속해서 일등을 차지하였다.

16세에 사마시(司馬試)에 응시하였으나 합격하지 못하였다. 18세와 20세에도 응시하였으나 역시 합격하지 못하였다. 그후 22세에 다시 사마시에 응시하여 일등으로 합격하였다. 23세 6월에 예부시(禮部試)에 합격하였으나, 등수가 낮아 사양하려 하였다. 그러나 아버지의 준엄한 꾸지람이 있었고, 스스로 합격을 취소하는 전례도 없었으므로 사양하지 못하였다. 그래서 술에 만취하여 "비록 등수가 낮지만, 앞으로 3~4번의 과거를 주관할 사람은 바로 내가 아니겠는가?"라고 호기롭게 말하였다.

이후 31세까지 버슬을 받지 못하였다. 32세 9월에 전주목사록(全州牧司錄)으로 부임하였다가 이듬해 12월에 파직되었다. 35세 12월에 경주에서 반란이 일어나자 종군(從軍)하였고, 37세 3월에 군대가 개선하여 이규보도 개성으로 돌아왔다. 그러나 전투에 참여한 공로를 인정받지 못해 상을 받지 못하자 매우 불안한 기색을 드러냈다. 40세 12월 임시직인 직한림원(直翰林院)이 되었는데, 당시의 권력자인 최충헌(崔忠獻)의 모정(茅亭)에 기문(記文)을 지은 것이 일등으로 채택되어 41세 6월에 정식으로 부임하였다. 그 후 51세까지 이규보는 주로 문학과 관련되는 버슬에 여러 차례 종사하였다.

52세 봄에 이규보는 탄핵을 당하여 계양도호부부사 병마금할(桂陽都護府副使兵馬鈐轄)로 좌천되었다가 이듬해 6월에 다시 부름을 받고 계양에서 개성으로 돌아왔다. 63세 10월에도 팔관회(八關會)를 잘못 주관한 일에 연루되어 위도(猬島)로 귀양을 갔는데, 이듬해 4월에 귀양에서 풀려났다. 70세 12월에 사직서를 제출하여 벼슬을 그만두었다. 74세 9월에 강화도에서 목숨을 거두었으며, 12월에 진강산(鎭江山) 동쪽 기슭에 장사 지냈다. 관직 생활을 하는 동안 과거 시험의 고시관, 몽골과의 대외문서 등 국가의 대사에 관련된 업무를 도맡아 수행하였다.

2.

이규보의 초명은 인저(仁氐)였는데, 사마시를 보기 전날 꿈에 문학을 관장하는 규성(奎星)이 그의 합격을 미리 알려주어 '규성의 보답'이라는 의미로 '규보(奎報)'라고 바꾸었다. 이름을 고친 사례에서 알 수 있듯이 이규보는 철저하게 문인으로 자처하였고, 그 길을 실천하고자 하였던 인물이다. 이러한 모습은 만년에 아들인 이함(李涵)이 자신의 시문을 편집하자 그 감회를 적은 시에서 더욱 선명하게 포착된다.

> 초목과 함께 시들어가는 우리 인생
> 보잘것없는 시권(詩卷)은 없음만 못하리라
> 아득한 천 년 후에 그 누가 알아주리
> 이씨 성 가진 사람이 동해 한 구석에 살았음을

이규보는 한 시대에만 명성을 떨치는 문인이 아니라 먼 훗날에도 훌륭한 문인으로 기억되기를 바랐을 정도로 문학에 대한 애착이 강렬하였다. 그는 관직 생활을 본격적으로 시작하던 40세 이후부터 벼슬을 그만두던 70세까지 문학적 재주를 펼칠 수 있는 문한직(文翰職)에 주로 종사하였는데, 이 역시 문학에 대한 애착과 무관하지 않다.

어릴 때부터 문학적 자질이 뛰어난 이규보였지만, 문학에 대한 애착이 남달라서 남에게 지고는 못 배기는 성격이었다. 28세 때의 일화는 이를 단적으로 보여준다. 오세문(吳世文)은 당대에 명망이 높던 문인이자 이규보와 망년지우(忘年之友)를 맺은 선배 오세재(吳世才)의 형이다. 하루는 오세문이 300운(韻)에 달하는 장편시를 지어 와서 이규보에게 화답시를 지을 수 있는지를 물으며 그의 승부욕을 은근히 자극하였다. 이규보는 그 날 바로 집으로 돌아와 이에 대한 화답시를 지었고, 이 날 태어난 아들 이름을 '삼백(三百)'이라 하였다.

문학에 대한 깊은 관심과 경주는 아래의 언급에서도 거듭 확인할 수 있다.

순전히 청고(淸苦)한 맛이 나는 것은 도사나 은자의 시요, 오로지 화려하게 꾸민 맛이 나는 것은 아녀자의 시다. 오직 청경(淸警)하고 호방하고 곱고 평담한 것을 능숙하게 조화시켜야 좋은 시가 되어 남들이 특정한 맛이 나는 시라 명명하지 못하게 된다[「시를 지을 때 버려야 할 아홉 가지(論詩中微旨略言)」].

　사람마다 개성이 있듯이 작가들도 특정한 개성이 있기 마련이다. 예를 들어 이백(李白)의 시는 '표일(飄逸)'하고 두보(杜甫)의 시는 '침착(沈着)'하다는 것이 후대 문인들의 평가다. 하지만 이규보는 자신의 시가 특정한 풍격으로 규정되는 것을 거부하였다. 이것은 그가 여러 가지의 시체(詩體)에 정통하여 이백과 두보의 존재를 뛰어넘으려는 의식이 저변에 깔려 있었기 때문이다.

　이와 같이 남을 이기기 좋아하는 마음을 호승심(好勝心)이라고 하는데, 문학에 대한 이규보의 호승심은 문학 창작에 매우 긍정적 기제로 작용한 듯하다. 한국산문사에서 이규보만큼 많은 산문 문체를 창작한 작가도 없을 것이다. 다양한 산문을 창작하였다고 해서 문학적 성취를 보장해 주는 것은 아니다. 하지만 고려 전기에는 보이지 않던 수서(手書)·수간(手簡)·소간(小簡)·애사(哀詞)·뇌사(誄詞)·논(論)·변(辨)·힐(詰)·박(駁)·평(評)·풍(諷)·문대(問對)·유(喩)·설(說)과 같은 문체들이 이규보에 의해 처음으로 한국산문사에 등장하고 있음은 매우 특기할 만하며, 그의 문학적 성취에 대해서도 이미 다양한 연구 성과가 제출된 상태다.

　또한 이규보는 사전(史傳)을 변용하여 사전(私傳)으로 전환시킨 「스물 중반의 나(白雲居士傳)」와 같은 작품이나 「반오에게 명하노라(命斑獒文)」 등의 잡문(雜文), 「국선생전 (麴先生傳)」 등의 가전(假傳)도 창작하였다. 앞 시기의 산문은 주로 공용적 목적을 위해 창작되었지만, 그는 산문에 문예성을 풍부하게 가미함으로써 한 단계 더 높은 수준의 산문 창작 전통을 정립하였다.

이규보의 산문 중에는 한유(韓愈)의 작품을 패러디한 작품이 몇몇 있는데, 그 주제 역시 문인의 모습으로 귀결시킴으로써 문학에 대한 지대한 관심을 표명하였다. 예를 들어 한유의 「잡설(雜說)」은 용과 구름의 관계를 '군신(君臣)의 관계'에 빗댄 것인데, 이규보는 「시와 시인의 관계(書韓愈論雲龍雜說後)」에서 '시인과 재예(才藝)의 관계'로 재해석하였다. 그리고 한유의 「가난을 전송하는 글(送窮文)」은 '곤궁함'을 기술한 것인데, 「물러가라, 시 귀신아(驅詩魔文)」에서 '시 귀신'으로 변주함으로써 그의 문인적 기질을 농후하게 담아냈다.

엎드려 생각건대, 신은 매양 시무에 어두워 오직 고졸(孤拙)만을 지켰습니다. 일찍이 벼슬길이 막혔을 때에는 마치 구렁으로 떨어져 내리는 것 같더니, 성조(聖朝)를 만나서 바람을 타고 오르는 것같이 요직을 두루 거쳐서 기형(機衡)에 나아갔습니다. 몸은 재상의 지위에 있었으나 도를 논하고 나라를 경륜하는 일[論道經邦]에 미숙하였고, 이름은 유신(儒臣)이라

칭하였으나 글로써 나라를 빛나게 하는 일[以文華國]에 부족한 점이 많았습니다[「정유년에 사직을 청하면서 올리는 글(丁酉年乞退表)」].

이규보는 70세에 벼슬에서 물러나기를 청하였는데, 그는 자신의 평생을 돌아보면서 '도를 논하고 나라를 경륜하는 일'에 미숙하고 '글로써 나라를 빛나게 하는 일'에 부족하다고 하였다. 그러나 이는 상투적인 겸사일 뿐이고, 오히려 자신의 인생에 대한 자부를 이 두 가지로 요약한 것으로 보인다. 특히 그가 문학을 통해 나라를 빛나게 하려고 했다는 점은 사직서를 제출하는 그 순간까지도 문인이고자 했음을 보여주는 증거라 할 수 있다.

이처럼 이규보는 어릴 때부터 죽을 때까지 자신의 재주는 문학에서 구현할 수 있음을 알고 있었고, 또 이를 실천했던 인물이다. 그는 문학을 통해 생각하고 느끼고 표현하였고, 교제하고 벼슬하고 출세하였다. 이규보가 문학이고 문학이 이규보였기 때문에 이규보는 세상의 모든 것을 문학 속에 담고자 하였다.

3.

육경자사(六經子史)를 섭렵한 이규보가 제사상(諸思想)을 넘

나들며 이를 문학 속에 투영하고 있는 모습들은 그의 문집인 『동국이상국집(東國李相國集)』 곳곳에서 쉽사리 찾아볼 수 있다. 이규보가 현실 정치에 뛰어들어 그의 경륜을 펼치고자 한 점에서는 유가의 모습을, 승려들과의 교유를 통해 불교의 교리를 설파하거나 만년에 불교에 심취한 점에서는 불가의 모습을, 물아(物我) · 주객(主客)을 일체로 보는 관점이나 장자의 수사 기법을 적극적으로 활용하는 모습에서는 도가의 모습을 감지할 수 있다. 그의 문학 속에 여러 사상이 다채롭게 전개되고 있는 것은 시대적 영향이기도 하거니와 하나의 틀에 구속되지 않으려는 자유정신에서 기인한 것이다.

자신이 즐거워하면 그만이지 하필 옛사람을 본받겠는가[「거문고에 새긴 글(素琴刻背志)」]?
뜻에 맞는 것을 취할 뿐이지 하필 옛것이어야겠는가[「바퀴 달린 정자(四輪亭記)」]?

이규보는 기존의 관습이나 규범에 얽매이는 것을 달가워하지 않았다. 그래서 「전이지가 문학을 논한 것에 대한 답장(答全履之論文書)」이나 「수재 김회영에게 보내는 편지(與金秀才懷英書)」에서는 모방과 도습으로 일관하던 당시 문인들의 폐단에 일침을 가하기도 하였다. 아울러 그는 신어(新語)와 신의(新意)의 창출을 역설하였고, 자신의 문학 이론인 '신의론(新

意論)'을 통해 새로운 의경을 창출하려고 하였다. 이러한 창발성(創發性)은 산문에서도 그대로 이어지는데, 발상을 전환하거나 통념을 깨트림으로써 입의(立意)의 참신함을 달성한 산문이 많은 것은 이 때문이다.

바위는 견고함과 불변성의 상징이기 때문에 정절이나 절개의 대명사로 흔히 사용된다. 하지만 이규보는 바위가 수난을 당했던 역사적 사실들을 예시로 거론한다. 이를 통해 유연성이 부족하고 변통할 줄 몰랐기 때문에 바위가 피해를 입은 것이라는 논점을 세움으로써 기존의 통념을 단박에 깨트려 버린다(「융통성 없는 바위(答石問)」). 굴원(屈原)은 모함을 받고 쫓겨나자 잘못된 정치를 바로잡기 위해 자살을 택하였는데, 이 때문에 그는 만고의 충신으로 일컬어지게 되었다. 하지만 이규보는 굴원이 충신이 될수록 굴원과 같은 충신을 죽게 만든 임금은 오히려 무능한 임금임을 만천하에 알리는 결과가 된다고 질타하였다(「굴원의 헛된 죽음(屈原不宜死論)」).

또한 「바퀴 달린 정자(四輪亭記)」는 아직 짓지도 않은 가상의 건물에 붙인 기문(記文)이다. 문예적 성취가 높다고 평가할 수는 없지만, 정자에 바퀴를 달아 여기저기 옮겨 다닐 수 있도록 만들겠다는 기발한 발상을 살펴볼 수 있는 작품이다. 그래서 이규보는 사람의 겉모습을 반대로 해석하는 관상가를 본받아야 한다고 선언함으로써 현상 너머의 진면목을 보려 하였고, 포대화상의 껌뻑이는 눈은 더 많은 중생을 구제하기 위해 사색하고 있는 것이라는 참신한 해석을 내놓았다.

한편 이규보의 산문은 독서·체험·관찰 등을 통해 그가 보고 듣고 읽은 것들을 살아 있는 생명체로 탈바꿈시킨 작품이 많다. 예를 들어 『산해경(山海經)』이나 『태현경(太玄經)』, 포대화상(布袋和尙), 달마대사(達磨大師) 등은 도학자들이 채택할 만한 제재들이 아니지만, 이규보는 이를 문학적 제재로 사용함으로써 조선시대의 산문과 결을 달리하는 작품을 창작하였다. 게다가 그는 일상생활에서 흔히 볼 수 있는 시시콜콜한 제재에도 적극적인 관심을 기울였고, 이를 문학적으로 형상화하였다. 그의 산문에 등장하는 제재들은 이[蝨], 시 귀신, 술병, 다리가 부러진 궤(几), 쥐, 집수리, 정원 풀매기, 관상가, 토령(土靈), 뇌물, 이별, 여행 등 손꼽을 수 없을 정도로 다채롭고 자유롭다. 뿐만 아니라 이러한 친숙한 소재에 의미를 부여함으로서 개별적 관심을 보편적 관념으로 심화·확대하였다.

이와 같이 일상 소재를 적극적으로 활용하는 행위는 해학이나 재치가 돋보이는 산문의 창작과도 연결될 수 있다. 이규보의 해학이 가장 잘 드러나는 것은 아이러니하게도 교훈이나 경계를 담기 위해 창작하는 잠명류(箴銘類)라는 장르다. 「술병의 지위(漆壺銘)」에서는 술의 공로를 인정하여 관직을 주기도 하고, 「이에게(蝨箴)」·「나의 벗 벼루(小硯銘)」·「마르지 않는 술병(酒壺銘)」에서는 사물을 의인화하여 이름을 부르기도 하는 등 해학적으로 묘사하면서도 그 속에 규계를 담아내고 있다. 특히 「이름만 못한 실체(長尺銘)」에서는 '장(長)'이라는 이름을 해학적으로 풀이한다. '장'은 '길다'라는 뜻인데, 실물인 장척은 길어야 하는 것이 마땅하지만 실제의 장척은 그다지 길지 않음을 언급하며 해학적 분위기를 연출하였다.

제1부
일상 속의 깨달음

배나무 접붙이기 接菓記

세상사 중에 처음에는 얼토당토않고 괴이하지만, 나중에는 진실인 것이 있다. 아마도 과일나무 접붙이는 것이 이에 해당할 것이다.

나의 선친이 살아 계실 때였다. 과일나무에 접을 잘 붙이는 키다리 전씨(田氏)라는 사람이 있었는데, 선친은 그에게 접을 붙이게 해 보았다. 정원에는 맛이 없는 배나무 두 그루가 있었는데, 전씨는 모두 톱으로 밑동을 잘랐다. 그리고는 세상에서 맛있다고 이름난 배나무를 구하여 몇 가지를 자르더니, 잘라낸 그루터기에 접목시키고는 찰흙으로 그곳을 발랐다. 당시에는 그것을 보면서 터무니없다고 여겼다. 비록 접을 부친 나무에서 싹이 트고 잎이 돋아났지만, 괴이하다고만 여겼다. 그러나 여름에 잎이 무성하게 되고, 가을에 배가 주렁주렁 열렸다. 그제야 '나중에는 진실인 것이 있음'을 믿게 되었고, 처음에 얼토당토않고 괴이하다고 여겼던 의심이 비로소 마음에서 사라졌다.

선친이 돌아가신 지 9년이 흘렀지만, 나무를 보거나 배를 먹을 때에는 아버지의 얼굴이 항상 떠올랐다. 그래서 간혹 나무를 부여잡고 목 놓아 울면서 차마 떠나지 못한 적도 있었다. 옛사람은 소백(召伯)과 한선자(韓宣子)의 일[1] 때문에 돌배나무를 베지 않은 채 잘 가꾸었다는 일화가 있다. 하물며 아버지가 소유하시다가 자식에게 물려준 것임에랴! 그 공경하는 마음은 베지 않고 잘 가꾸는 것에 어찌 비할 바가 있겠는가? 그 열매는 또한 꿇어앉아 먹어야 할 것이다.

생각건대, 선친께서 나에게 이 나무를 물려주신 것은 아마도 내가 이 배나무를 본받아 잘못을 고치고 선으로 옮겨 가라는 뜻일 것이다. 그래서 이를 기록하여 경계로 삼는다.

이규보는 32세 때 비로소 전주목 사록(全州牧司錄)이 되어 전주로 내려갔지만, 그의 벼슬길은 순탄하지 않았다. 일단 당시 수도였던 개성을 떠나 외직을 맡은 것에 대해 이규보는 불만스러워하였고, 그마저도 불미스러운 사건으로 33세 12월에 파면되어 개성으로 돌아왔다. 이 작품은 어렵사리 얻은 관직에서 파면되어 집에 우거하면서 많은 회한에 잠겨 있던 때에 지어진 것으로 여겨진다.

이러한 정황 속에서 그는 아버지가 전씨를 시켜 접을 붙였던 배나무를 보고서 부쩍 아버지에 대한 그리움이 끓어올랐다. 나무를 보면 아버지의 모습이 떠올랐고, 나무를 부여잡고 목 놓아 울기도 하였다. 이규보는 돌배나무에 대한 고사를 삽입하여 아버지가 물려주신 배나무를 소백과 한선자의 돌배나무 이상으로 더욱 소중히 다루어야 할 뿐만 아니라, 그 열매를 끓어앉아 먹어야겠다는 다짐을 통해 아버지에 대한 그리움을 더욱 부각시킨다.

하지만 이 글의 묘미는 뒷부분에 있다. 방달불기(放達不羈)와 광기(狂氣)로 20대를 보냈던 그는, 아버지에게 항상 못난 자식이었다. 나쁜 배나무도 좋은 배나무를 가져다 접을 붙이면 가을날 맛난 배가 주렁주렁 열리는 것처럼 자신도 잘못을 고치면 곧 선으로 옮겨갈 수 있다는 희망을 담고 있다. 과일나무 접붙이는 것으로 개과천선에 접목시키는 그의 탁월한 안목을 엿볼 수 있는 작품이다.

[1] 소백(召伯)과 한선자(韓宣子)의 일: 소백의 은덕에 감화된 백성들이 그가 쉬었던 돌배나무도 차마 베지 않았던 일이 『시경』에 보인다. 노나라의 계무자(季武子)는 노나라의 예법을 칭찬한 한선자(韓宣子)가 자신의 정원에 있는 나무를 칭찬하자 한선자의 은혜를 간직하고자 그 나무를 베지 않았다고 하는 고사가 『춘추좌씨전(春秋左氏傳)』에 있다.

관상가와의 대화 異相者對

　어디에서 왔는지 알 수 없는 관상가가 있었다. 그는 관상에 관련된 책을 읽지 않고 관상 보는 규칙을 따르지 않은 채 이상한 기술로 관상을 보았기 때문에 사람들은 그를 '이상한 관상가'라 불렀다. 그래서 고위 관리부터 남녀노소까지 모두 다투어 초빙하고 분주하게 달려가 관상을 보지 않는 사람이 없었다. 그가 보는 관상은 다음과 같다.

　부귀하면서 살지고 기름기 흐르는 사람을 보고서는 다음과 같이 말하였다.

　"당신의 모습이 몹시 야위겠으니, 당신처럼 천한 사람도 없을 것이오."

　빈천하면서 아프고 파리한 사람을 보고서는 다음과 같이 말하였다.

　"당신의 모습이 살찌겠으니, 당신처럼 귀한 사람도 드물 것이오."

　장님을 보고서는 다음과 같이 말하였다.

"눈이 밝겠소."

민첩하여 잘 달리는 자를 보고서는 다음과 같이 말하였다.

"절뚝거리며 제대로 걸을 수도 없겠소."

아름다운 여인을 보고서는 다음과 같이 말하였다.

"아름답기도 하고 추하기도 할 것이오."

세상 사람들이 너그럽고 인자하다고 하는 사람을 보고서는 다음과 같이 말하였다.

"많은 사람을 아프게 할 사람이군요."

당시 사람들이 잔혹하기 이를 데 없다고 하는 사람을 보고서는 다음과 같이 말하였다.

"많은 사람의 마음을 기쁘게 할 사람이군요."

그가 관상을 보는 것이 모두 이와 같았다. 재앙이나 복이 생겨나는 까닭을 말할 수 없을 뿐만 아니라 상대방의 얼굴과 행동거지를 살피는 것이 모두 반대였다.

그래서 대중들은 사기꾼이라 시끄럽게 떠들며 그를 잡아다 심문하여 그의 거짓말을 취조하려 하였다. 내가 홀로 그들을 말리며 말하였다.

"말이라는 것은 처음에는 거슬리나 뒤에는 이치에 맞는 것도 있고, 겉으로는 천박하나 안으로는 심원한 것도 있네. 저 사람 또한 눈이 있는데, 어찌 살진 자, 마른 자, 장님을 알지 못한 채 살진 자더러 마르겠다 하고 장님더러 눈이 밝겠다고 하였겠는가? 이 사람은 반드시 기이한 관상가임에 틀림없을 것이오."

이에 나는 목욕하고 양치하고 의복을 단정하게 한 뒤 관상가가 묵고 있는 곳으로 갔다. 옆에 있는 사람을 물러나게 하고는 물었다.

"그대가 아무개의 관상을 보고서 이러이러하다고 한 것은 어째서요?"

관상가가 대답하였다.

"부귀하면 교만하고 오만한 마음이 불어나게 되고, 죄가 가득차면 하늘이 반드시 뒤집어 놓을 것입니다. 쭉정이도 먹지 못하게 되는 시기가 있을 것이기에 '여위겠다'고 하였고, 우매하여 어리석은 필부가 될 것이기에 '당신의 족속은 천하게 될 것이오'라고 하였습니다. 빈천하면 뜻을 낮추고 자신의 몸가짐을 겸손하게 하여 두려워하며 반성하는 뜻이 있습니다. 막힘이 지극하면 반드시 펴지게 되는 법이니, 고기를 먹을 조짐이 이미 이르렀기에 '살찌겠다'고 하였고, 만 섬의 곡식과 열대의 수레를 모는 귀함이 있을 것이기에 '당신의 족속은 귀하게 될 것이오'라고 하였습니다.

요염한 자태와 아름다운 얼굴을 엿보아 만지게 하고, 진기하고 좋은 물건을 보고서 그것을 탐하게 하며, 사람을 의혹되게 하고 사람을 왜곡되게 하는 것은 눈입니다. 이 때문에 뜻밖의 치욕을 당하게 된다면 눈이 밝지 않은 사람이 아니겠습니까? 오직 장님만이 담박하여 탐내지도 않고 만지지 않아

온 몸에서 치욕을 멀리하는 것이 현각자(賢覺者)보다 뛰어나기에 '눈이 밝다'고 하였습니다. 민첩하면 용기를 숭상하고 용기가 있으면 대중을 능멸하여 끝내 자객이 되거나 간악한 우두머리가 됩니다. 이렇게 되면 정위(廷尉)가 체포하고 옥졸이 가두어서 발에는 족쇄를 차고 목에는 칼을 쓰게 되니, 비록 달아나려 한들 가능하겠습니까? 그래서 '절뚝거리며 제대로 걸을 수 없겠다'고 하였습니다.

무릇 색이라는 것은 음탕하고 사치한 사람이 보면 보석처럼 아름답게 여기고, 단정하고 순박한 사람이 보면 진흙처럼 추하게 여기기 때문에 '아름답기도 하고 추하기도 하다'고 하였습니다. 이른바 인자한 사람이 죽었을 때에는 수많은 백성들이 그를 사모하여 어머니를 잃은 아이처럼 슬프게 울기 때문에 '많은 사람을 아프게 할 사람이다'고 하였습니다. 잔혹한 사람이 죽으면 거리마다 노래를 부르고 양고기와 술을 먹으며 축하하면서 연신 웃느라 입을 닫지 못하는 사람도 있고, 손이 아프도록 손뼉을 치는 사람도 있기에 '많은 사람을 기쁘게 할 사람이다'고 하였습니다."

내가 깜짝 놀라 일어나면서 말하였다.

"과연 내 말이 맞았군. 이 사람은 참으로 기이한 관상가로다. 그의 말은 좌우명으로 삼고, 법으로 삼을 만하다. 어찌 얼굴과 형상에 따라 귀한 상을 말할 때는 '몸에 거북이의 무늬가 있으니 높은 벼슬을 하겠고, 이마가 무소의 뿔처럼 튀어 나왔으니 임금의 아내가 될 상이라 하고, 나쁜 상을 말할 때는 '벌의 눈과 승냥이의 목소리를 가졌으니 흉악한 상'이라 하여, 잘못을 고치지 않고 틀에 박힌 것만을 따르면서 스스로 거룩한 체, 신령스러운 체 하는 관상가이겠는가?"

물러나와 그의 대답을 적는다.

이 작품은 '관상'이라는 독특한 제재를 사용하여 논지를 전개하고 있는데, 구성면에서도 흥미로운 작품이다. '대(對)'라는 장르의 기본적인 서술 기법은 문답, 곧 질문과 대답이 연속적으로 이어지게 하는 것이다. 하지만 이 작품은 여느 '대'처럼 문답의 반복으로 구성된 것이 아니라 앞 단락에서는 관상가가 특이하게 보는 실제 내용을 기술하였고, 뒤 단락에서는 관상가가 특이하게 관상을 보게 된 이유를 서술하였다. 관상의 내용을 서술한 것이 의문의 제기라면 관상가의 대답은 이에 대한 해답이다.

또한 관상가의 이 해명은 앞 단락에서 서술한 관상의 내용과 정확하게 일대일 대응을 이루는데, 관상의 내용을 다시 한번 자세히 서술함으로써 이상한 관상에 대한 의문을 명쾌하게 해결하는 동시에 독자의 수긍을 유도하고 있다.

하지만 "말이라는 것은 처음에는 거슬리나 뒤에는 이치에 맞는 것도 있고, 겉으로는 천박하나 안으로는 심원한 것도 있네"라고 한 이규보의 말에서도 엿볼 수 있듯이, 그가 주목한 것은 겉모습만으로 판단하는 관상이 아니라 내면까지도 꿰뚫어 판단하는 심상(心相)이다. 점이나 관상이 그러하듯이 결과는 언제나 불확실하다. 다만 좋은 상이라 안주하지 않고, 나쁜 상이라 실망하지 않으며 부단히 노력하는 가운데 운수는 펴지기 마련이다. 마찬가지로 겉모습이나 현상만을 가지고 사람을 판단하고 사물을 인식하는 것은 참다운 인식과 판단이 아니다. 이 작품을 통해 현상 너머의 진정한 모습을 보려는 이규보의 인식 태도를 잘 알 수 있다.

이와 개에 대한 단상 蝨犬說

　객이 나에게 말하였다.

　"어제저녁에 어떤 불량한 남자가 돌아다니며 개를 큰 몽둥이로 때려서 죽이는 것을 보았는데, 상황이 매우 애처로워 마음이 아프지 않을 수 없었소. 이제부터 개고기나 돼지고기를 먹지 않기로 맹세하였소."

　내가 응하여 말하였다.

　"어제 어떤 사람이 활활 타오르는 화로를 끼고 이를 잡아 죽이는 것을 보았는데, 나는 마음이 아프지 않을 수 없었소. 이제부터 다시는 이를 죽이지 않기로 맹세하였소."

　객이 머쓱해하며 말하였다.

　"이는 하찮은 사물이오. 나는 큰 동물이 죽는 것을 보고서 애처로움을 느껴 그렇게 말한 것이오. 그대가 이와 같이 대답하니 나를 놀리려는 것이오?"

　내가 말하였다.

　"무릇 혈기가 있는 것은 사람으로부터 소, 말, 돼지, 양, 벌레, 개미에 이르기까지 삶을 좋아하고 죽음을 싫어하는 마음은 애초에 다 같소. 어찌 큰 것만이 죽음을 싫어하고 작은 것은 그렇지 않단 말이오? 그렇다면 개나 이의 죽음은 같은 것이오. 그러므로 이를 들어 적절한 대답으로 삼은 것이니, 어찌 일부러 놀리려는 것이겠소? 그대가 믿지 못한다면 그대의 열 손가락을 깨물어 보시오. 엄지손가락만 아프고 나머지는 그렇지 않겠소? 한 몸에 있어 크고 작은 지절(支節)에 상관없이 모두 피와 살이 있기 때문에 그 아픔은 같은 것이오. 하물며 각기 기운과 호흡을 받은 것 중에 어찌 저것은 죽음을 싫어하고 이것은 죽음을 좋아한단 말이오? 그대는 물러나 마음을 가라앉히고 조용히 생각해 보시오. 달팽이의 촉수와 쇠뿔을 같이 보고, 조그마한 메추라기와 큰 붕새를 동일하게 여긴 후에 나는 그대와 도에 대해 말하겠소."

이 작품은 생명을 받은 것은 삶을 좋아하고 죽음을 싫어하는 마음이 동일하다는 점을 거론하여 서로의 관점과 입장의 차이만 있을 뿐, 고정적이고 절대적인 것은 없다는 장자(莊子)의 제물론적(齊物論的) 세계관을 구현하고 있다.

우선 소재의 측면에서 '개와 '이'라는 독특한 제재를 이용하여 자칫 어렵게 느껴질 수 있는 인식론적 문제를 친숙하고 가볍게 풀어내고 있다. 또한 구성의 측면에서도 연속된 문답과 설문(設問)을 구사함으로써 경쾌한 질주감을 느끼게 한다. 게다가 글자의 운용에 있어서도 '시(豕)-저(猪)', '야(耶)-호(乎)', '이(爾)-부(否)', '자(子)-이(爾)', '아(我)-여(予)-오(吾)', '개(豈)-안(安)' 등 동일한 의미를 여러 글자로 나누어 표현하는 환자법(換字法)을 빈번하게 운용하여 신선함을 주는 동시에 지루함을 감소시키고 있다.

이규보는, 개를 때려죽이는 참혹한 광경을 본 후로 다시는 개나 돼지 고기를 먹지 않겠다는 객의 말을 그대로 되받아쳐 자신은 어떤 사람이 이를 문질러 화로에 태우는 것을 보았는데, 그 광경이 참혹하여 다시는 이를 죽이지 않겠다고 하였다. 이규보의 순발력과 재치가 돋보이는 부분으로, 흔종(釁鐘)을 위해 끌려가는 소를 애처롭게 여겨 양으로 교체하라고 한 제선왕(齊宣王)에게 맹자가 그 이유를 되물어 제선왕을 쩔쩔매게 한 장면이 연상된다.

또한 메추라기와 붕새는 장자(莊子)의 「소요유(逍遙遊)」에서 지혜의 현격한 차이를 드러내는 상징으로 사용되었다. 하지만 이규보가 자신이 주장하고자 하는 '제물론'적 관점의 예시로 이를 끌어온 것도 흥미롭다.

거울과 나 鏡說

거사에게 거울이 하나 있는데, 먼지가 자욱하게 내려앉은 것이 마치 구름이 달을 가리고 있는 것과 같다. 그러나 아침저녁으로 비춰 보는 것이 마치 얼굴을 치장하려는 자의 행동과 같았다. 객이 그것을 보고 물었다.

"거울이란 형체를 비추는 것으로, 그렇지 않으면 군자는 그것을 대함에 거울의 맑음을 취한다오. 지금 그대의 거울은 가랑비가 오듯 안개가 낀 듯 흐릿하여 형체를 비출 수도 없고 또 맑음을 취할 바도 없소. 그러나 그대는 여전히 비춰 보기를 그치지 않으니, 아마도 이유가 있을 것 같소."

거사가 말하였다.

"거울이 밝을 경우 잘생긴 사람은 좋아하지만 못생긴 사람은 싫어하오. 그러나 잘생긴 사람은 적고 못생긴 사람은 많아서 한 번 보게 되면 반드시 깨트리고야 말 것이니, 먼지가 끼어 있는 것만 못하오. 먼지가 끼면 바깥은 먼지에 침식될지언정 그 맑음은 잃지 않으니, 만일 잘생긴 사람을 만난 뒤에 먼지를 닦아 내더라도 늦지 않소. 아! 옛사람은 거울을 대할 때 맑음을 취하였지만 나는 거울을 대할 때 흐림을 취하니, 그대는 어찌 이상하게 여긴단 말인가?"

객이 대답하지 못하였다.

객과 거사의 문답으로 진행되는 「거울과 나」는 객, 거사, 거울 중 무엇을 주체로 삼고 무엇을 객체로 삼느냐에 따라 다양한 해석이 가능한 중층적 구조로 이루어진 작품이다.

거사를 주체로 삼고 거울을 객체로 삼을 경우를 가정해보자. 피상적으로 드러난 현상에만 집착하였을 경우 흐린 거울을 버리는 것은 당연하다. 하지만 현상 너머의 이면을 들여다볼 수 있는 열린 시각을 가진 사람이라면, 거울의 본질인 맑음이 훼손되지 않았음을 알기에 거울을 버리지 않는다. 거사가 흐린 거울에서 의미를 찾고자 하는 이유가 바로 여기에 있다.

그러나 이 글의 중심 제재는 거울인 만큼 거울을 중심으로 이 작품을 이해해야 한다. 거울은 비록 먼지를 뒤집어쓰기는 했지만 맑음, 곧 본성을 간직하고 있다. 거울의 본성은 비추는 것인데, 세상에는 잘생긴 사람은 적고 못생긴 사람이 많아 본성을 발휘하게 되면 언제든지 깨질 염려가 있다. 이 때문에 거울은 먼지를 뒤집어쓰고서 자신의 본성을 발휘할 수 있는 여건이 될 때까지 기다릴 수밖에 없다. 그렇다면 이 작품에서의 거울은 무엇을 비유한 것인가? 바로 이 작품을 창작한 이규보의 처지가 투영된 것임을 간파해야만 올바른 해석에 보다 근접할 수 있다.

　이규보가 자신의 문재를 자부한 것은 주지의 사실이거니와 그는 돌출적인 행동으로 인해 '미친 사람'으로 지목되기도 하였다. 비록 그의 행동이 미친 사람처럼 보이긴 했지만 그 뜻은 올바른 사람이었다. 하지만 당대에 그를 질시하는 사람이 많았는데, 그것은 바로 이 작품의 '못 생긴 사람'에 해당한다고 하겠다. 그래서 맑음을 간직한 거울이 먼지가 낀 채 있듯이 이규보도 자신의 올바름을 감추고 있어야만 하는 현실을 우회적으로 표현할 수밖에 없던 것이다.

융통성 없는 바위 答石問

단단하고 큰 바위가 나에게 물었다.

"나는 하늘이 낳은 것으로 땅 위에 살고 있네. 사발을 엎어 놓은 것처럼 안정되고, 뿌리를 깊이 박고 있듯 견고하여 사물이나 사람에 의해 흔들리거나 움직이지 않네. 그래서 본성과 참모습을 온전하게 보존할 수 있으니, 참으로 즐겁네. 그대 또한 하늘의 명을 받아 태어나서 사람이 되었네. 사람은 진실로 만물의 영장인데, 어찌하여 자신의 몸을 자유롭게 움직이지 못하며 본성대로 하지 못하고 항상 사물에게 부림을 받거나 사람들에게 떠밀려 다니는가? 사물이 혹 꼬드기기라도 하면 빠져서 벗어나지 못하고, 사물이 혹 오지 않으면 쓸쓸하여 즐거워하지 않네. 그리고 남이 인정해주면 의기양양하고, 남이 배척하면 움츠러드네. 참으로 본모습을 잃고 지조가 없는 것으로 그대만한 이가 없네. 대저 만물의 영장이라는 자가 이와 같단 말인가?"

내가 웃으며 답하였다.

"너라는 물건은 어디에서 생겨났느냐? 불경(佛經)에, '우둔하고 어리석으면 그 정신이 변해서 나무나 돌이 된다'는 구절이 있다. 그렇다면 너는 이미 정묘함과 청정함을 잃고서 이처럼 딱딱한 물건이 된 것이다. 더욱이 화씨(和氏)의 박옥(璞玉)이 쪼개질 때 너 또한 그에 따라 모두 쪼개졌고, 곤강(崑岡)의 옥이 불탈 때 너 또한 그와 함께 타버린 사실이 있다.[1] 또한 내가 만약 용을 타고 하늘로 오른다면 너는 반드시 디딤돌이 되어 나에게 밟힐 것이고, 내가 죽어서 땅에 들어간다면 너는 반드시 비석으로 만들어지기 위해 깎이고 상할 것이다. 이것이 어찌 사물에 의해 옮겨지는 것이 아닌가? 너의 본성이 상하는데도 도리어 나를 비웃는단 말인가? 나는 안으로는 본연의 모습을 보전하고, 밖으로는 일체의 인연을 끊은 사람이다. 그래서 사물에게 부림을 당하더라도 사물에 마음을 빼앗기지 않고, 사람에게 떠밀리더라도 사람에게 불만이 없다. 급박한 이후에 움직이고 초대한 이후에 가며, 갈 만하면 가고 그칠 만하면 그치며, 가함도 없고 불가함도 없다. 그대는 빈 배를 보지 못하였는가? 나는 이와 같은 종류인데, 그대는 어찌 나를 꾸짖는가?"

바위는 부끄러워하며 대답이 없었다.

긴 세월 속에서도 변함없는 모습을 간직하는 불변성, 비바람 속에서도 흔들리지 않는 견고함으로 수많은 작가들은 바위의 덕을 칭송하였다. 그러나 이규보는 기존의 통념을 단박에 깨뜨려 버린다. 겉보기에는 불변하는 존재로 인식되어 온 바위지만, 그 실상은 쪼개지고 불타고 깎이고 상하는 등 자신의 본성을 잃고 있음을 서술한다.

이에 비해 인간은 물욕에 사로잡히고 남들의 평가에 기뻐하고 슬퍼하는 등 이리저리 휘둘리는 존재로 보인다. 그러나 이는 얽매임이 없는 빈 배와도 같다. 특히 '갈 만하면 가고 그칠 만하면 그치는' 이규보의 경우 변화에 순응하면서 오히려 내면의 본성을 보존하고 있음을 역설하고 있다. 발상의 전환을 통해 흰 구름처럼 자유로운 이규보 자신의 정신 경계를 잘 표현하고 있는 작품이다.

[1] 화씨(和氏)의……있다: 춘추시대 초나라 변화(卞和)가 박옥(璞玉)을 산중에서 주워 초나라 문왕에게 바치니, 문왕이 옥공(玉工)을 시켜 쪼아서 보옥(寶玉)을 얻었다는 고사가 있다. 또『서경(書經)』「윤정(胤征)」에 "곤강(崑岡)에 불이 나니 옥과 돌이 함께 탄다"는 말이 있다.

조물주와의 대화 問造物

내가 조물주에게 물었다.

"대개 하늘이 사람을 낳을 때에 사람을 낳고 나서 뒤따라 오곡을 낳았기 때문에 사람이 먹을 수 있고, 그 다음으로 뽕과 삼을 낳았기 때문에 사람들이 입을 수 있소. 그렇다면 하늘이 사람을 사랑하고 또 살리려는 듯하오. 그런데 어찌하여 사람을 낳고 나서 독을 품고 있는 동물들을 낳았소? 큰 것으로는 곰, 범, 승냥이, 추(貙)와 작은 것으로는 모기, 등에, 벼룩, 이 같은 것이 사람을 심하게 해치고 있소. 이것으로 미루어 보면 하늘이 마치 사람을 미워하여 죽이려는 듯하오. 미워함과 사랑함이 일정하지 않은 것은 무슨 까닭이오?"

조물주가 말하였다.

"그대가 묻는 바, 사람과 사물이 태어나는 것은 모두 아득한 태초에 정해져서 저절로 나타난 것이니, 하늘도 스스로 알지 못하고 조물주 역시 알지 못한다네. 백성이 태어나는 것은 본래 스스로 태어날 뿐이지 하늘이 태어나도록 한 것이 아니며, 오곡과 뽕, 삼이 생산되는 것은 본래 스스로 생산되는 것이지 하늘이 생산되도록 한 것이 아니라네. 하물며 어찌 이로움과 독을 분별하여 그 사이에 두었겠나? 오직 도를 터득한 사람은 이로움이 오면 오는 대로 받아 구태여 기뻐하지 않고, 독이 이르면 이르는 대로 받아 구태여 꺼리지 않는다네. 텅 빈 마음으로 사물을 대하므로 사물 역시 해칠 수 없는 것이라네."

내가 또 물었다.

"태초의 기운이 처음 갈라져 위는 하늘이 되고 아래는 땅이 되었는데, 그 가운데에 사람이 있기 때문에 삼재(三才)라고 하오. 삼재는 하나의 이치이니, 하늘에도 이러한 독이 있소?"

조물주가 말하였다.

"나는 이미 도를 터득한 자는 사물이 해를 끼치지 않는다고 말하였네. 하늘이 도를 터득한 자만 못해 이러한 독물이 있겠는가?"

내가 말하였다.

"진실로 이와 같다면 도를 터득한 사람은 하늘 위 옥황상제의 궁궐에 이를 수 있겠소?"

조물주가 말하였다.

"그렇다네."

내가 말하였다.

"나는 이제 명쾌하게 이해가 되었소. 다만 그대가 '하늘도 스스로 알지 못하고 조물주 역시 알지 못한다'고 한 말은 이해하지 못하겠소. 게다가 하늘은 원래 의식적으로 함이 없는 존재이므로 스스로 알지 못하는 것이 마땅하오. 하지만 그대는 조물주이면서 어찌 알지 못하오?"

조물주가 말하였다.

"내가 손으로 만물을 만드는 것을 그대는 보았는가? 사물은 제 스스로 나고 제 스스로 죽을 뿐이니, 내가 무엇을 만들겠으며, 내가 무엇을 알겠는가? 나에게 조물주라고 이름 붙인 이유를 나도 알지 못한다네."

「조물주와의 대화」는, 하늘은 원래 의식적으로 함이 없는 존재이고 사물은 제 스스로 나고 제 스스로 죽을 뿐이므로 자연에 순응해야 한다는 이규보의 의식을 피력하고 있는 글로 자주 인용되는 작품이다.

이규보는 자주(自註)에서 이 작품의 창작 동기를, "내가 파리와 모기들이 싫어서 비로소 이 문제를 낸다"라고 하였다. 우선 그의 사상적 면모를 드러내기 위해 '파리나 모기'를 출발점으로 삼은 점이 매우 익살스럽다. 또한 이규보의 마지막 질문에 대한 조물주의 답변 역시 일종의 해학성을 띠고 있다.

이규보의 질문은 '조물(造物)'에 관한 것이다. 조물은 말 그대로 '물건을 만들어낸다'는 뜻이다. 그러나 이규보는 결국 조물주 스스로 아무 것도 만들지 않고, 아무 것도 모르며, 자신을 조물주라고 부르는 것도 모른다는 조물주의 답변을 유도해냄으로써 조물주의 정체성을 흔들어 버린다.

이 작품은 일상의 사소한 제재를 활용하여 해학적인 분위기를 느끼게 하면서도 자신의 자연관을 투사하고 있다는 점에서, 그의 여타 산문이 보여주는 특징과 궤를 같이 한다.

눈을 껌뻑이는 이유 布袋和尙贊

배는 크고 불룩하니
저축한 것은 무엇인가?
눈 껌뻑이고 앉아
사색하는가, 상상하는가?
주머니는 가득 차서 무거우니
저장된 것이 어찌 그리 많은가?
시방세계의 어리석은 중생을 끌어안아
저축하고 저장한 것으로써
베풀고 구제하고자 하나니,
생각이 여기에 이르자
눈 감고 상상하고 사색하는가 보다.

포대화상(布袋和尙)은 뚱뚱한 몸집에 커다란 포대를 메고

다니면서 그 속에 들어 있는 물건을 이웃에게 나누어주었으며, 그의 친근한 용모와 친절한 행동 때문에 아이들이 무척 좋아하였다고 한다. 그래서 포대화상을 제재로 삼은 그림을 보면, 배는 불룩 튀어나와 있고 눈은 웃음 속에 가려져 있어 친근하면서도 익살스럽다. 주변에서 흔히 볼 수 있는 넉넉하고 인자하며 마음씨 좋은 동네 아저씨라고 생각하면 포대화상의 모습을 그려낼 수 있을 것이다.

이 작품에서 이규보가 집중한 것은 껌뻑이고 있는 포대화상의 눈이다. 일반적으로 껌뻑이는 눈은 익살스러운 모습을 연상시키지만, 이규보는 그 눈을 통해 사색에 잠긴 포대화상을 읽어내고 있다. 곧 시방세계의 더 많은 중생을 구제하기 위해 고뇌하는 포대화상으로 탈바꿈시켜버린 것이다. 세밀한 관찰력과 묘사, 발상의 전환이 돋보이는 작품이라 하겠다.

얼굴은 마음의 거울 面箴

마음에 부끄러운 점이 있으면
네가 반드시 먼저 기색을 드러내지.
주홍빛이 발그레해지고,
땀은 물처럼 뚝뚝 떨어지네.
남을 대할 땐 고개를 들지 못해
슬며시 돌려 피하기만 하지.
마음이 하는 일이
네게 옮겨진 때문이네.
모든 군자들은
의롭게 행동하고 위의를 갖추라.
마음을 곧게 가지면
네가 부끄럽지 않을 것이네.

　이규보는 이 작품에서 부끄러울 때 나타나는 얼굴의 변화를 매우 생동감 있고 재치 있게 묘사하고 있다. 사실 이 글의 주제는 끝 부분에 나와 있듯이 '의롭게 행동하고 위의를 갖추고 마음을 곧게 가지라'는 것이다. '행동과 마음을 바로 잡으라'는 경계의 글은 얼마든지 다양하게 기술될 수 있다. 일례로 이규보는 「우레 소리에 놀라지 않는 방법[雷說]」에서 우레 소리를 듣고 놀라는 자신의 경험을 제시하고 허물을 고친 뒤에야 몸이 편안해졌다고 기술하기도 하였다.

　하지만 이규보는 이 작품에서 묘사의 대상을 마음에 둔 것이 아니라 얼굴에 두었다. 얼굴이 붉어지고 땀이 나는 일련의 모습을 묘사함으로써 그 원인에 대해 생각하고, 그 원인을 살핌으로써 자연스럽게 몸가짐과 마음에 대한 경계를 드러내고자 하였다. 곧 '얼굴'을 이야기하고 있지만 실제로는 '몸가짐과 마음'을 이야기하고 있는 것이다.

이름만 못한 실체 長尺銘

너를 장척(長尺)이라 하니
길이가 얼마나 되냐?
내 손가락을 굽혀 재면
겨우 한 자 남짓이구나.
이름은 길다고 하였으나
실제는 짧으니 부끄럽지 않느냐?
너의 주인 농서자(隴西子, 이규보)와 비슷하구나.

이 작품은 장척(長尺)을 제재로 삼아 지은 글인데, 장척이 무엇인지는 확실하지 않다. 다만 글 읽는 사람이 대로 만든 치수 없는 재(尺) 같은 것을 책 속에 넣어서 읽을 곳을 표시하는 물건이 아닌가 한다. 요즘의 책갈피에 해당되는 것이라고 보면 되는데, 문인인 이규보와 매우 친밀한 제재임에 틀림

없다. 이규보는 장척의 '장(長)'이 '길다'라는 뜻을 가진 데에 착안하였다. 곧 실제로는 한 자에 불과하면서 '길다'라 뜻으로 이름 붙인 것은 명(名)과 실(實)이 서로 부합하지 않으므로 잘못되었다고 하였다. 그리고는 이를 곧장 자신의 모습으로 대입시킨다. 아마도 당대에 문명(文名)을 날리고 있었지만, 그에 걸맞은 벼슬을 얻지 못한 것에 대한 자조(自嘲)가 아닌가 한다.

참고로 장척이라는 동일한 제재를 가지고 이규보와는 다르게 자신의 의도를 펼쳐내고 있는 작품도 있다. 고려 말의 이첨(李詹)은 「장척명(長尺銘)」에서 장척의 공평함과 곧음을 본받을 것을 다짐하였는데, 소개하면 다음과 같다.

너의 평평함을	惟爾之平
내가 본받아 형으로 삼는다.	我以爲兄
너의 곧음을	惟尒之直
내가 본받아 덕으로 삼는다.	我以爲德
물건도 평평하고 곧은데	平直其物
사람으로서 어찌 굽힐 것인가?	人而何屈?
사물을 살펴 내 몸에 반성하면	曁物反躬
덕이 천지와 같으리라.	天地其同

제2부
나의 삶

나는 자유인 白雲居士語錄

이수(李叟, 이규보)는 이름을 감추고자 하여 이름을 대신할 것이 있는지를 생각하였다. 옛사람 중에는 호(號)로써 이름을 대신한 사람이 많았다. 사는 곳을 호로 삼은 자도 있고, 소유물로 한 자도 있으며, 간혹 실제로 터득한 바를 가지고 호로 삼은 자도 있었다. 중국의 유명한 인물들을 예를 들어 보겠다. 왕적(王績)의 동고자(東皐子), 두보(杜甫)의 초당선생(草堂先生), 하지장(賀知章)의 사명광객(四明狂客), 백거이(白居易)의 향산거사(香山居士)는 사는 곳을 호로 삼은 것이다. 혹은 도잠(陶潛)의 오류선생(五柳先生), 정훈(鄭熏)의 칠송처사(七松處士), 구양수(歐陽修)의 육일거사(六一居士)는 모두 소유물로 한 것이다. 장지화(張志和)의 현진자(玄眞子), 원결(元結)의 만랑수(漫浪叟)는 실제 터득한 바로 호를 삼은 것이다.

이수는 이와 다르다. 사방을 이리저리 돌아다녀 사는 곳이 일정하지 않고, 쓸쓸하게도 하나의 물건도 소유한 것이 없으며, 휑하게도 실제로 터득한 바도 없다. 세 가지가 모두 옛사람에게 미치지 못하니, 어떤 것을 자호(自號)로 삼아야 괜찮을 것인가? 어떤 사람은 '초당선생'이라 지목하기도 하지만, 두보가 이미 사용하였기 때문에 사양하고 받지 않았다. 하물며 초당은 잠시 붙어사는 곳이지 일정하게 사는 곳이 아니다. 잠시 붙어사는 곳을 따라 호를 삼는다면 그 호가 얼마나 많겠는가? 평소 오로지 거문고, 술, 시 세 가지를 매우 좋아하였기 때문에 처음에 '삼혹호선생(三酷好先生)'이라 자호하였다. 그러나 거문고를 능숙하게 타지 못하고, 시를 잘 짓지 못하며, 술도 많이 마시지 못하면서 이 호를 사용한다면 이것을 들은 세상 사람들이 크게 웃지 않겠는가? 돌연 고쳐서 '백운거사(白雲居士)'라 하였다.

어떤 사람이 물었다.

"그대는 청산으로 들어가 흰구름 속에 누우려고 하는가? 어찌하여 이렇게 자호하였는가?"

"아니다. 흰구름은 내가 사모하는 것이다. 사모하여 그것을 배운다면 비록 그 실질을 얻지 못할지라도 또한 가깝게는 될 것이다. 대저 구름이란 뭉실뭉실 피어오르고 둥실둥실 떠다녀서 산에 머물러 있지 않고 하늘에 매여 있지 않으며, 동서로 이리저리 돌아다니고 형적에 얽매임이 없다. 순식간에 변화하여 처음과 끝을 헤아릴 수 없다. 뭉게뭉게 펼쳐지는 것은 군자의 나아감이요, 스르륵 말리는 것은 고인(高人)의 은거다. 비를 만들어 가뭄을 해갈하는 것은 인(仁)이요, 와서도 집착하지 않고 떠날 때는 미련이 없는 것은 통(通)이다. 빛깔이 푸르고 누르고 붉고 검은 것은 구름의 정색(正色)이 아니요, 오직 화려하지 않은 흰색이 구름의 정상(正常)이다. 덕이 저와 같고 빛깔 또한 이와 같으니, 만약 사모하여 배운다면, 나아가서는 만물을 윤택하게 하고 들어와서는 마음을 비우게 된다. 흰색을 지키고 정상에 처하여 들어도 들리지 않고 보아도 보이지 않아 무하유지향(無何有之鄕)[1]에 들어가 구름이 나인지 내가 구름인지 모르게 된다. 이와 같다면 옛사람이 터득한 실제에 가깝지 않겠는가?"

어떤 사람이 말하였다.

"거사라고 한 것은 어째서입니까?"

내가 대답하였다.

"산에 살거나 집에 살거나 간에 오직 도를 즐길 수 있는 자라야 '거사'라 부를 수 있다. 나는 집에 살면서 도를 즐기는 사람이다."

어떤 사람이 말하였다.

"참으로 이와 같군요. 그대의 말은 이치를 꿰뚫은[達] 듯하니, 기록해 두는 것이 좋겠습니다."

그러므로 이것을 적는다.

　이 작품은 이규보가 25세 때 「백운거사전」을 짓고, '백운'이라 자호한 이유를 설명한 글로, 구름의 다양한 품덕을 통해 자신의 지향점을 밝히고 있다. 이 글은 「소요유(逍遙遊)」나 「제물론(齊物論)」과 유사한 어투를 사용한 점, 무하유지향(無何有之鄕)으로 귀의하려는 의식 등으로 인해 그의 장자적(莊子的) 세계관을 설명하면서 자주 거론되어 왔다. 하지만 여기에는 유가나 불가의 사상도 뚜렷하게 포함되어 있다. 흰구름의 '와서도 집착하지 않고 떠날 때는 미련이 없는' 경계는 불가의 '공(空)'과 연결되어 있다. 또한 '뭉게뭉게 펼쳐지는 것은 군자의 나아감', '비를 만들어 가뭄을 해갈하는 것은 인(仁)', '나아가서는 만물을 윤택하게 함' 등으로 표현된 구름의 품덕은 전형적인 유가의 경세의식과 연결되어 있다.

　이규보는 '산에 머물러 있지 않고 하늘에 매여 있지 않는' 구름을 배우려 함으로써 어느 하나의 사상에 얽매이지 않는 자신의 다면적 인간상을 보여주고 있다. 이것이 바로 특정 사상만을 심오하게 궁구함으로써 다소 좁은 인식의 장을 갖게 된 조선시대 도학자들과 변별되는 점이며, 이규보가 투철한 자유정신의 소유자였음을 엿볼 수 있는 부분이기도 하다.

[1] 무하유지향(無何有之鄕): 유무(有無)와 시비(是非) 등 모든 대립
적 요소가 사라진 이상향(理想鄕) 혹은 선경(仙境)을 뜻하는 말
이다. 『장자(莊子)』 「소요유(逍遙遊)」의 "지금 자네가 큰 나무
를 가지고 있으면서 쓸모가 없다고 걱정한다면, 어찌하여 '아
무것도 없는 시골 마을[無何有之鄕]'의 광막한 들판에다 심어
놓으려고 하지 않는가"라는 말에서 비롯된 것이다.

스물 중반의 나 白雲居士傳

  백운거사는 선생의 자호인데, 이름을 감추고 호를 드러낸
것이다. 자호의 의미에 대해서는 선생의 「백운거사어록」에
자세하게 설명되어 있다. 집에 식량이 자주 떨어져 밥 짓는
날이 이어지지 않더라도 거사는 편안하게 여겼다. 성격은 호
방하고 검속이 없어 육합(六合)을 좁게 여기고 천지를 작게
여겼다. 술을 마시고 홀로 비몽사몽하다가도 불러주는 이가
있으면 기쁘게 달려갔다가 단번에 취하고서야 돌아오곤 하였
다. 아마도 그 옛날 도연명(陶淵明)의 무리인가보다! 거문고
를 타고 술을 마시는 것으로써 자신의 속내를 털어냈으니, 이
것은 사실대로의 기록이다. 거사가 취하여 읊조리다가 스스
로 전(傳)을 짓고, 다시 스스로 찬(贊)을 지었다. 찬은 다음
과 같다.

  뜻은 참으로 육합 밖에 있어 천지가 가두지 못하니, 원기
(元氣)의 모체(母體)와 함께 무하유지향(無何有之鄕)에서 놀

아 볼까?

중국 동진(東晉) 때의 시인 도연명은 세상과 타협을 거부하며 과감하게 벼슬을 버리고 은거하여 탈속적인 삶을 살았던 인물이다. 도연명에 대해서는 여러 가지 평가가 있지만, 이규보는 특히 시를 짓고 술을 마시면서 세상을 초월하여 자신만의 삶을 영위하고 있는 모습에 초점을 맞추었다.

스물 중반의 이규보는 식량이 자주 떨어져 밥 짓는 날이 이어지지 않을 정도로 가정 형편이 어려운 정도는 아니었다. 또한 세상에 떨칠 만한 재주를 가졌다고 스스로 믿고 있었고, 주변 사람들도 이를 인정하는 분위기였다. 게다가 과거에도 합격한 상황이었다. 하지만 세상살이는 자신의 뜻대로 이루어지지 않아 한 자리의 벼슬도 얻지 못하였고, 그것을 기약하기도 어려운 형편이었다.

이 작품은 이러한 즈음에 지어진 것이다. 이규보는 자신의 불우함, 곧 상대적 빈곤감을 앓는 소리로 일관하는 것이 아니라 그와 비슷한 상황을 겪었던 도연명을 끌어와 자신의 능력을 수용하지 못하는 세상 너머 초월적 세계를 지향점으로 삼았다. 솔직하면서도 호방하고 구애됨이 없는 그의 성격이 잘 묻어나는 작품이라 할 수 있다.

우레 소리에 놀라지 않는 방법 雷說

'우르릉~ 쾅!' 하고 천둥이 울리면 사람들은 누구나 두려워한다. 그래서 '뇌동(雷同)'이라는 말이 생겨났다. 내가 우레 소리를 들었을 때, 처음에는 간담이 서늘하였다. 하지만 반복해서 나의 잘못을 고쳐 허물을 발견하지 못한 뒤에야 몸이 조금 편안해졌다.

다만 한 가지 꺼림칙한 일이 있다. 내가 『춘추좌씨전(春秋左氏傳)』에서 '화보(華父)가 지나가는 미인에게 눈길을 주는 일'이 나오는 대목을 읽고는 그 일에 대해 비난하지 않은 적이 없었다. 그러므로 길을 가다가 아름다운 여인을 만나면 눈길을 주지 않으려고 머리를 숙이고 고개를 돌려 달아났다. 그러나 머리를 숙이고 고개를 돌리는 것은 그런 마음이 없지 않다는 것이니, 이것만은 스스로 미심쩍은 일이다.

일반 사람의 마음을 벗어나지 못하는 일이 또 하나 있다. 남이 나를 칭찬하면 아주 기뻐하고, 비방하면 몹시 언짢아한다. 이것은 비록 우레가 칠 때 두려워하는 것과는 다른 일이지만, 또한 경계하지 않을 수 없다. 옛사람 중에는 깜깜한 방에서도 자신의 마음을 속이지 않는 자가 있었다고 한다. 내가 어찌 이런 사람에게 미칠 수 있겠는가?

옛사람은 하루에 세 가지씩 자신의 잘못을 반성하였다고 한다. 꼭 세 가지가 아니더라도 자신의 삶을 반성함으로써 한층 나아진 미래의 모습을 만드는 기초를 튼실하게 한다면, 현재의 반성은 매우 의미 있는 일이라 할 것이다.

사람이면 누구나 아름다운 여인에게 눈길을 주기 마련이고, 칭찬해 주는 사람을 좋아하고 비방하는 사람을 싫어한다. 이런 점에서 이규보가 반성하고 있는 것은 매우 원초적이다. 이규보는 구애됨이 없는 삶을 지향하였던 인물이다. 때문에 그는 이런 본능에 관계된 문제를 작품으로 형상화하여 내면의 진솔한 모습을 여과 없이 보여준다. 하지만 이 작품은 단순히 그의 진솔함을 드러내는 데에 그치지 않는다. 깜깜한 방은 자신 이외에 아무도 없는 공간이다. 그렇기 때문에 내가 무엇을 하고 있는지는 아는 사람은 바로 자신이다. 실생활에서의 평범한 경험을 계기로, 자신의 양심을 속이지 않겠다는 다짐을 거름망 없이 솔직하게 털어 놓고 있다는 점에서 이 작품은 더욱 의의가 있다.

나, 이규보에게 代仙人寄子書

아무 달 아무 날에 자미궁사(紫微宮使) 아무개와 단원진인 (丹元眞人) 아무개 등은 삼가 금동(金童)이를 보내 동국의 이규보님께 편지를 올립니다. 세상이 시끌벅적하니, 매우 괴로울 것입니다. 생각건대, 도를 닦으며 보내는 나날들이 어떠신지요? 사모하고 그리는 마음 그지없습니다.

우리 두 사람은 상제(上帝)의 곁에 있으면서 천명을 전달하는 사람들입니다. 옛날에 그대도 상제의 문신이 되어 상제의 조서(詔書)를 작성하는 관직을 담당하였습니다. 일반적으로 봄이면 온화한 기운을 펴서 초목을 따뜻하게 길러주고, 겨울이면 추위를 떨쳐서 만물을 말라 죽게 합니다. 간혹 번개와 우레가 치고 비바람이 불며 서리와 눈이 내리고 구름과 안개가 끼기도 하니, 이 모든 것이 상제가 천하를 호령하는 것입니다. 그 당시 모든 칙령은 그대의 손에서 제작되었는데, 상제의 뜻에 걸맞지 않음이 없었습니다. 그래서 상제께서 고맙게 여겨 그대의 노고에 보답할 것을 신 등에게 묻기에 다음과 같이 의논하여 아뢰었습니다.

　잠시 하늘의 문관 자리를 비워두고 인간 세상의 학사로 파견하십시오. 중서성(中書省)과 한림원(翰林院)에서 임금의 옥새를 찍을 조서를 신속하게 기초하고, 궁궐과 문하성(門下省)에서 금정(金鼎)의 국을 잘 조리함으로써 백성에게 은택을 끼치고 세상에 이름을 떨치게 하십시오. 그런 뒤에 조칙을 내려 하늘로 돌아오게 하여 다시 신선의 반열에 두십시오. 이렇게 하면 아마도 그의 노고에 대한 보답이 될 것입니다.

　상제께서 즉시 윤허하셨습니다. 그래서 그대에게 온화한 기운을 보태주고 빼어난 자질을 더해 주었으며, 목록에 기재된 수레 백 대와 말 만 마리를 뒤따르게 하여 동해의 부상(扶桑) 모퉁이 해가 처음 돋는 나라에 태어나게 하였습니다.
　그러나 그대가 떠난 지 몇 년이 지났지만 아직까지 벼슬자리를 하나 얻었다거나, 빼어난 행적 하나로 명성이 자자하였다거나, 훌륭한 저작물을 하나 지어서 상제에게 알려졌다고는 듣지 못하였습니다. 우리들은 이것이 매우 의아하여 막 사신을 파견하여 그 까닭을 알아보려고 하였습니다. 그런데 마침 인간 세상에서 온 자가 있기에 물었더니, 그가 다음과 같이 말하였습니다.

이른바 이규보란 자는 곤궁하고 길이 막혀 낮은 벼슬자리 하나 얻지 못하였습니다. 그래서 유배 온 신선이라 불리는 이백(李白)처럼 술을 마시며 미친 짓을 일삼고 있으며, 당나라 시인 원결(元結)처럼 시냇가나 산속에서 하릴없이 방황하고 있습니다. 아직 허리에는 한 자 반의 인끈을 드리우지 못하였고, 머리에는 삼량관(三梁冠)[1]도 쓰지 못하였습니다. 그러니 물 잃은 용이나 집 잃은 개에 지나지 않고, 실의에 빠져 비틀거리며 누더기나 걸치고 있는 궁핍한 선비일 뿐입니다. 공경대부들이 그의 이름을 모르는 것은 아니지만, 세상 물정에 어두워 일을 적절하게 처리하지 못하는 사람이라 그를 채용하지 않는 것 같습니다.

말이 채 끝나기도 전에 우리들은 너무도 놀라서, 어질고 유능한 이를 시기하는 그대 나라 사람의 죄를 논하여 상제께 아뢰었습니다. 그러자 상제께서 그들에게 죄를 내리겠다고 승낙하셨습니다. 앞으로 이런 사람들을 단단히 처벌하여 그대의 굴욕을 펴 주면 그대의 날개는 떨치게 될 것이고, 그대의 걸음은 높게 될 것입니다. 이렇게 된다면, 아무리 깊숙한 옥당(玉堂)의 길인들 어찌 들어가지 못하겠으며, 하늘처럼 높은 봉각(鳳閣)인들 어찌 오르지 못하겠습니까?

그대는 티끌 같은 하계(下界)에서 잠시 잠깐의 영화로움만을 만끽하려 하지만, 하늘에 있는 벗들은 신선이 되어 오기를 속절없이 바라고 있습니다. 먼지 앉은 옥 비파는 그대가 와야 연주될 것이고, 비어 있는 천상의 옥당은 그대가 와야 열릴 것입니다. 상제께서 내리신 단로장(丹露漿)과 금하액(金霞液)은 우리들만 날마다 싫증나도록 마실 뿐 그대와 함께 마시지 못한 것이 오래되었습니다. 빨리 평소의 뜻을 실현하고 다시 하늘로 올라오십시오. 아! 공명을 이루지 않을 수야 없지만, 부귀는 오래도록 탐할 것이 못됩니다. 우리들이 그대에게 권하는 것은 이 때문입니다. 힘쓰소서!

머리를 조아리고 재배하며 삼가 아룁니다.

이 작품은 정확한 창작 시점을 알 수 없다. 그러나 그가 '낮은 벼슬자리 하나 얻지 못하였다'는 언급을 감안하면, 적어도 첫 벼슬을 받은 32세 이전에 쓴 글임은 확실하다. 이 작품은 자신에게 보낸 편지라는 점이 매우 독특하다. 또한 당시 이규보가 가진 이중적 심리를 알 수 있다는 점에서도 흥미로운 작품이다.

이중적 심리 가운데 하나는 바로 문장에 대한 자부심이다. 사실상 이규보는 어릴 때부터 문재(文才)가 있었고, 주변 사람들에게 귀가 따갑도록 그러한 칭찬을 들었다. 이를 반영하듯이 그는 스스로 자신이 전생에 옥황상제의 문서를 작성하는 사람이었고, 잠시 인간 세계를 경험하러 내려왔노라고 말한다. 그리고 지금 비록 자신의 뜻을 펼치지 못하고 있지만 곧 출세를 하고 천상의 세계로 귀환할 것임을 뻐기듯 얘기하고 있다.

또 다른 하나는 자신이 처한 현실에 대한 불만이다. 특히 '물 잃은 용', '집 잃은 개'에서 알 수 있듯이 그는 의지를 상실한 자신, 곧 벼슬에 진출하지 못해 세상에 뜻을 펼치지 못하는 자신에 대한 안타까움을 표출하고 있다.

따라서 이 작품에서 문재에 대한 자부심이 강한 이규보의 모습을 발견할 수 있는 반면에, 현실에 등용되지 못한 그의 슬픔과 불만이 그 이면에 투영되어 있음 또한 알 수 있다.

[1] **삼량관(三梁冠)**: 관 형식의 하나이다. 금량관(金梁冠) 따위의 앞 이마에서부터 우뚝 솟아 둥긋하게 마루가 져 뒤에까지 닿은 부분에, 병행(竝行)으로 여러 골을 낸 것이 양(梁)이다. 오량(五梁)은 1품, 사량은 2품, 삼량은 3품 벼슬이다.

나의 선배들 七賢說

선배들 중에는 글로 세상에 이름난 아무개 등 일곱 사람이 있다. 스스로 당대의 호걸이라 여기고는 마침내 함께 어울려 칠현이라 하였으니, 진(晉)나라 때의 죽림칠현(竹林七賢)을 사모한 것인 듯하다. 모일 때마다 술을 마시고 시를 지으며 거리낌 없이 행동하였는데, 세상 사람들이 비난을 하자 조금 누그러졌다. 당시 나는 겨우 열아홉이었는데, 오덕전(吳德全)이 망년지교를 허락하여 매번 나를 데리고 그 모임에 참석하였다. 그 후 오덕전이 경주로 내려간 뒤 내가 다시 그 모임에 참석하였다. 청경(淸卿) 이담지(李湛之)가 나를 지목하여 말하였다.

"그대의 오덕전이 동쪽으로 내려가 돌아오지 않으니, 그대가 자리를 메우면 되겠네."

내가 그 자리에서 대답하였다.

"칠현이 무슨 조정의 관직이라고 빠진 자리를 메운단 말입니까? 혜강(嵇康)과 완적(阮籍) 뒤에 그 자리를 이었다는 소리를 듣지 못하였소이다."

좌중에 있던 사람들이 모두 웃었다. 또 나에게 시를 짓게 하면서 춘(春)과 인(人) 두 글자를 운자(韻字)로 부르기에, 나는 선 채로 다음과 같은 시를 지었다.

영광되게도 대나무 아래 모임에 참석하여
흔쾌히 항아리 안의 술을 비웠네.
알지 못하겠다, 칠현 중에
오얏 씨를 뚫을 사람은 누구일까?[1]
榮參竹下會,   快倒甕中春.
未識七賢內,   誰爲鑽核人?

좌중에 있던 사람들이 자못 화를 내는 기색이 있기에 거만하게 한껏 술을 들이키고는 나와버렸다. 내가 젊었을 때 광기가 이와 같아 세상 사람들이 나를 광객(狂客)이라 불렀다.

오세재(吳世才), 임춘(林椿), 이인로(李仁老), 조통(趙通), 황보항(皇甫沆), 함순(咸淳), 이담지(李湛之)로 구성된 죽림고회(竹林高會)는 무신들의 횡포함을 피해 시주(詩酒)를 일삼던 일종의 문학동호회였다. 이 그룹은 진나라 초기에 노장

학(老莊學)을 숭상하여 죽림에 모여 청담(淸談)을 일삼던 죽림칠현(竹林七賢), 곧 완적(阮籍), 완함(阮咸), 혜강(嵆康), 유령(劉伶), 산도(山濤), 왕융(王戎), 상수(向秀)와 형태적으로는 비슷하였다. 하지만 두 집단의 사상적인 면이나 당대의 역할은 상당히 거리가 있었던 것으로 보인다.

이 작품 마지막 부분의 시 내용이나 거만하게 술을 마시고 나가는 이규보의 행동만 가지고 본다면, 죽림고회와 이규보는 그리 우호적인 관계가 아니었던 듯하다. 그러나 『동국이상국집』에 남아 있는 죽림고회와 관련된 많은 시문을 참고하건대, 이 작품에 소개된 일화는 거리낌없는 행동에 대한 서로 간의 가벼운 충돌 정도로 보는 것이 좋을 듯싶다.

앞서 언급했듯이 죽림고회는 문학동호회로서의 성격이 상당히 짙은 그룹이다. 이규보는 제한된 시간 내에 빨리 시를 짓는 주필(走筆)의 창시자로 이담지를 꼽은 적이 있다. 또한 임춘은 최초의 가전(假傳)이라 할 수 있는 「공방전(孔方傳)」과 「국순전(麴醇傳)」을 창작하였다. 이밖에도 오세재와 이인로 등은 후대에까지 명성을 날리던 문인들이었다. 즉 죽림고회는 문학을 통해 자신의 실력을 과시할 뿐만 아니라 당대의 문학 풍토 쇄신에도 지대한 관심을 가졌던 작가들의 모임이었다. 죽림고회는 당시 문재(文才)를 한껏 과시하던 이규보에게 순기능적 자극을 주는 동시에 문학적 자양분 역할을 해 주었다. 죽림고회의 구성원들에 비해 보다 심화, 발전

된 이규보의 산문적 성과가 이를 입증한다고 하겠다.

요컨대 이 작품은 거리낌없이 행동하는 선배와 그런 선배에게 더욱 거리낌없이 행동하는 이규보 자신의 모습, 즉 '그 선배에 그 후배'라 해도 좋을 당시 문학인들의 면모를 단적으로 보여주고 있다. 당시 문학의 큰 축을 담당했던 인물들에 대한 기록이라는 점에서 사료적 가치 또한 높은 작품이라 할 수 있다.

[1] 오얏……누구일까: 죽림칠현의 한 사람인 왕융(王戎)은 사람됨이 몹시 인색하였다. 자기 집에 좋은 오얏나무가 있었는데, 다른 사람이 혹 그 씨를 얻어 심을까 염려하여 오얏을 먹고 나면 반드시 씨를 송곳으로 뚫어 버렸다 한다. 여기서는 이규보가 죽림고회에 참석하는 것을 달가워하지 않는 사람이 있을 것임을 비꼰 말이다.

게으름 慵諷

거사(居士)는 게으름 병이 있었는데, 찾아온 손님에게 다음과 같이 말하였다.

"세월이 빨리 흘러가는데도 오히려 게으름을 붙여두고, 몸은 왜소한데도 여전히 게으름을 지니고 있소. 집 한 채가 있는데 풀이 우거져도 게을러 깎지 않고, 천 권의 책이 있는데 좀이 먹어도 게을러 펼쳐 보지 않고, 머리가 헝클어져도 게을러 빗지 않고, 몸에 옴이 있어도 게을러 치료하지 않소. 남들과 노는 것도 게으르며, 남들과 왕래하는 것도 게으르오. 입은 말하는 데 게으르고, 발은 걷는 데 게으르며, 눈은 보는 데 게으르오. 땅을 밟거나 일을 하거나 게으르지 않는 것이 없소. 이와 같은 병은 어떤 방법으로 고칠 수 있겠소?"

손님은 아무런 대답이 없었다. 물러나 열흘 쯤 뒤에 게으름 병을 낮게 할 방법을 찾아 다시 이르러서는 다음과 같이 말하였다.

"한동안 만나지 않았더니 너무나 그리웠소. 얼굴이라도 한 번 봤으면 싶소."

거사는 게으름 병이 다시 도져 만나고 싶지 않았다. 손님은 군이 만나기를 청하면서 다음과 같이 말하였다.

"내가 한동안 거사의 부드러운 웃음소리와 좋은 말을 듣지 못하였소. 지금은 늦봄이라 새는 정원에서 울고 바람과 햇살은 가득하며, 온갖 꽃들이 아름답게 피었소. 내게 좋은 술이 있는데, 술거품이 동동 떠 있고 향기는 온 방에 가득하며 훈기는 항아리에 가득 차 혼자 마시기가 미안하니, 그대가 아니면 누구와 함께 마시겠소? 집안에 노래도 잘하고 생황도 잘 불며 또 호쟁(胡箏)도 탈 줄 아는 시종이 있는데, 차마 혼자 들을 수 없어 선생이 오기만을 기다리고 있소. 그런데 선생은 왕림하기를 꺼리니, 잠시 다녀갈 생각은 없소?"

거사는 기뻐서 옷을 떨쳐 입고 일어나며 말하였다.

"그대가 나를 늙고 쇠약하다고 여기지 않고 맛 좋은 술과 어여쁜 여인으로 울적한 마음을 달래려고 하니, 내가 어찌 굳이 사양하겠소?"

이에 외려 늦을세라 허리띠를 매고, 외려 더딜세라 신을 신고는 서둘러 나서려고 하였다. 그런데 손님의 태도는 느릿느릿하고, 입 또한 게을러 대답도 못할 듯하였다. 이윽고 손님은 다시 태도를 고치고 다음과 같이 말하였다.

"그대가 이미 내 초청을 수락하였으니, 나도 말을 바꿀 수 없을 듯하오. 그러나 선생이 예전에는 말하는 것이 게으르더니 지금은 말이 재빠르고, 예전에는 돌아보는 것이 게으르더니 지금은 민첩하게 돌아보고, 예전에는 걷는 것이 게으르더니 지금은 신속하게 걷고 있소. 선생의 게으름 병이 이젠 다 나은 것이오? 그런데 말이네, 성품을 해치는 도끼로는 여색이 가장 심하고, 창자를 상하게 하는 약으로는 술보다 더한 것이 없소. 선생은 유독 여색과 술 때문에 저도 모르게 게으름이 고쳐져서 마치 장에 가는 사람처럼 행동이 재빠르오. 이대로 가다가 선생이 결국 성품을 손상시키고 몸을 망가뜨릴까 두렵소. 나는 선생이 이렇게 되는 것이 싫어서 선생과 말하는 것이 게을러지고 앉는 것도 게을러지오. 생각건대, 선생의 게으름 병이 나에게 옮겨 온 것이 아니오?"

거사는 얼굴을 붉히고 이마에 땀을 흘리며 다음과 같이 사과하였다.

"훌륭하도다. 그대가 나의 게으름을 풍자함이여! 나는 접때 그대에게 게으름 병이 있다고 말하였소. 그런데 이제 그대의 말 한 마디에 그림자가 형체를 따르는 것보다 빨리 나도 모르게 게으름이 종적을 감추어버렸소. 즐기려는 욕심이 이처럼 신속하게 사람의 마음을 움직이고 이처럼 쉽게 사람의 귀를 파고드는 줄을 이제야 알았소. 이런 식으로 간다면 사람의 몸이 빠르게 재앙을 입게 될 것이니, 진실로 삼가지 않을 수 없소. 내 이 마음을 돌려 게으름을 제거하고 힘써 인의(仁義)를 공부하려고 하소. 그대는 어떻게 생각하오? 나를 조롱하지 말고 조금만 기다려 주시게나."

　게으름. 요즘 유행하는 말로 '귀차니즘'이라고 하는 것은
누구나 가지고 있는 것이다. 그러나 게으름이 오래 지속되면
결국 무기력증에 빠져 보다 나은 자신의 미래를 보장할 수
없게 된다. 이러한 마음을 이규보가 알았던지, 그는 자신의
게으름을 손님과의 대화를 통해 경쾌하고 발랄하게 풀어나가
고 있다.

　술과 음악은 동서양을 막론하고 즐거움을 선사하는 가장
원초적인 것이며, 이에 대해서는 누구도 게으름을 피우지 않
는다. 그러나 일상에 찌든 사람들은 말하는 것도, 걷는 것도,
씻는 것도 귀찮아질 때가 많다. 슬픔과 기쁨, 싫어함과 좋아
함. 극과 극인 것 같지만 마음먹기에 따라 얼마든지 상황은
달라질 수 있다. 이규보가 술과 음악을 좋아하는 마음을 돌
려 인의(仁義)에 힘을 기울이겠다고 한 것도 바로 이런 관점
에서 연유한 것이다.

　이 작품은 게으름을 고치기 위해 동원한 손님의 정겹고도
기발한 계책을 흥미롭게 보여주고 있으며, 자신의 잘못을 과
감하게 고치려는 이규보의 인간적 면모를 발견하게 해 준다.
또한 이규보가 시, 거문고, 술을 지나치게 좋아하여 자신을

'삼혹호선생(三酷好先生)'이라 한 이유를 단적으로 설명해 주고 있다.

미치지 않았다 狂辨

　세상 사람들은 모두 거사를 미쳤다고 말하지만 거사는 미치지 않았다. 아마도 거사를 미쳤다고 말하는 사람들은 나보다 더 미친 사람들일 것이다. 저들은 내가 미쳤음을 들었는가? 보았는가? 거사가 미친 것이 어떠한가? 나체와 맨발로 물과 불을 번갈아 다녔는가? 부러진 이와 피 나는 입술로 모래와 돌을 깨물었는가? 위로는 혀를 차며 하늘을 욕하였는가? 아래로는 발끈하며 땅을 꾸짖었는가? 머리를 풀어 헤치고 호통을 쳤는가? 속옷을 벗고 이리저리 내달렸는가? 겨울엔 추위를 느끼지 못하였는가? 여름엔 더위를 느끼지 못하였는가? 바람을 잡으려 하였는가? 달을 안으려 하였는가? 이러한 것들이 내게 있다면 그만이거니와 만약 이런 것들이 없다면 무엇을 가지고 미쳤다고 말하는가?

　아! 세상 사람들은 평소 한가롭게 지낼 때는 용모와 언어가 사람 같고, 관대와 복식이 사람 같다. 한 번 관직을 맡아 공무를 수행하게 되면 한결같아야 할 행동은 아래위로 일정함이 없고 한결같아야 할 마음은 엎치락뒤치락 동일하지 않다. 삐딱하게 보고 거꾸로 들으며 근본이 이리저리 흔들려 줄곧 혼란스러운데도 중도(中道)로 돌아올 줄 몰라, 끝내 궤도를 잃고서 넘어지고 거꾸러진 뒤에야 그친다. 이렇다면 겉이야 의젓하겠지만 안은 실제로 미친 자다. 미친 것이 이와 같다면 좀 전에 말한 물불을 번갈아 다니고 모래와 돌을 깨무는 종류보다 심하지 않은가? 아! 대부분의 세상 사람들이 이렇게 미치고도 자신을 구제하지 못하면서 또 어느 겨를에 거사를 미쳤다고 비웃는가? 거사는 미치지 않았다. 자취는 미쳤지만 뜻은 올바른 자다.

이규보는 시랑(侍郎) 윤위(尹威)에게 편지를 보내 젊은 시절 '미친 행동'을 하게 된 이유를 토로한 적이 있다. 곧 재주를 품고 있으나 이를 떨칠 기회가 없어 가슴속 깊이 쌓인 것을 주체할 수 없었던 이규보는, 술을 마시면 범람한 물이 방죽을 터뜨리듯이 그의 불만을 다 쏟아낸 후에야 겨우 그칠 수 있었다고 하였다. 하지만 이러한 그를 세상 사람들은 '미쳤다'고 지목하였다.

이규보는 서두에서부터 기세 좋게 자신이 미치지 않았고, 자신을 미쳤다고 하는 사람들이 더욱 미친 사람이라 하였다.

특히 짧은 글속에 의문조사 '여(歟)', '호(乎)', '재(哉)'를 14차례에 걸쳐 사용함으로써 상대방에게 반론의 기회를 주지 않은 채 몰아치고 있다. 붓을 들어 단숨에 써내려간 듯 강하게 몰아치면서도 적절한 수사법까지 구사하는 여유를 부리고, 촘촘하면서도 강렬한 메시지를 세상 사람들에게 던지고 있다.

그러나 이규보는 단순히 자신의 불만을 털어 놓는 것에 그치는 것이 아니라 가식적인 세태를 비판하는 것으로 확장시키고 있다. 평소 겉모습은 의젓하지만 실제 내면은 일정함이 없어 중도(中道)로 돌아오지 못한 채 궤도를 이탈하는 사람들, 곧 '평소 한가롭게 지낼 때[閑處平居]'는 의젓하지만 '관직을 맡아 공무를 수행할 때[臨官莅公]'는 태도가 돌변하는 사람들의 허위와 가식을 정면으로 비판함으로써 재주를 품고 있으면서도 관직에 등용되지 못한 자신의 불만을 동시에 토로하고 있다.

세 번 생각하기 思箴

나는 급작스레 일을 만들어
미처 생각지 못하였던 것을 후회한다.
생각한 뒤에 행동하였다면
어찌 재앙이 따르겠는가?
나는 급작스레 말을 해서
한 번 더 생각하지 못하였던 것을 후회한다.
생각한 뒤에 말을 하였다면
어찌 치욕이 따르겠는가?
경솔하게 생각하지 말라,
경솔하면 어긋나는 것이 많다.
깊이 생각하지 말라,
깊이 생각하면 의심이 많게 된다.
참작하고 절충하여
세 번 생각하는 것이 가장 바람직하다.

　아무 생각 없이 일을 시작하였다가 낭패를 보기도 하고, 무턱대고 말을 뱉었다가 남에게 준 상처가 자신에게 되돌아오기도 한다. 그렇다면 어떻게 해야 할까? 경솔하게 생각하고 판단해서도 안 되지만, 너무 심각하게 고민을 해서도 안 된다. 너무 깊이 생각하면 꼬리에 꼬리를 물고 여러 갈래의 생각들이 생겨나 결론이 나지 않는다. 그래서 이규보는 세 번 정도를 생각해 봄으로써 실패를 미연에 방지하라는 잠언(箴言)을 제시하였다.

　참고로 『논어』 「공야장(公冶長)」에서 공자는 계문자(季文子)가 세 번 생각을 한 뒤에 행동을 하자, '두 번이면 족하다'는 말로 과감하지 못한 그의 잘못을 비판한 적이 있다. 이규보는 이 구절을 염두에 두고 '세 번 생각'으로 지나치지도 않고 모자라지도 않은 지점을 제시하였다.

말조심 自誠銘

친하고 가깝다고 하여
나의 비밀을 누설하지 말라.
총애하는 처첩은
한 이불 속에서도 생각은 다른 법.
종이나 마부라고 하여
경솔하게 말하지 말라.
겉으로는 아양을 떨어도
속으로는 엉뚱한 생각을 품고 있는 법.
하물며 나와 친하지도 않고,
내가 부리는 사람도 아님에랴!

믿고 말하였다가 큰 어려움에 빠지는 경우가 가끔씩 있다.
슬픈 현실이기는 하지만, 곤경에 빠진 다음에는 후회해도 어

쩔 수 없는 것이 세태의 냉혹함이다. 이 작품에서는 이규보가 평소에 느꼈던 생각을 고백함으로써 자신을 다잡는 동시에 세상 사람들에게 말을 조심하라는 메시지를 던지고 있다. 말에 대한 이러한 경계는 이규보 자신이 일상생활에서 사람들과 부딪치면서 터득한 것인지, 아니면 무신집권기라는 시대 상황을 염두에 두고 한 말인지는 확실하지 않다. 그의 또 다른 작품 「두려움[畏賦]」에서도 말조심을 특히 강조하고 있는데, 그 일부분을 소개하면 다음과 같다.

> 내가 두려워하는 것은 / 남에게 있지 않고 / 나 자신에게 있다네. / 턱 위 코 아래에 / 안에는 이가 있고 밖에는 입술이 있으며 / 열렸다 닫혔다 하는 것이 / 문과도 비슷하다네. / 음식도 이를 통해 들어가고 / 목소리도 이를 통해 나오니 / 진실로 없어선 안 되겠지만 / 또한 두려워하지 않을 수 없는 곳이라네. / … 한 마디 말과 한 순간의 침묵이 / 영광과 치욕의 원인이 된다네. / … 이 때문에 성인은 사람을 두려워하지 않고 / 오직 입을 두려워하였으니 / 진실로 입을 조심하면 / 세상을 사는 데 무슨 어려움이 있겠는가?

동병상련 續折足几銘

나의 고달픔을 부축한 자는 너요,
너의 절뚝거림을 고쳐준 자는 나다.
함께 병이 들어 서로 구제해 주었으니
누가 그 공로를 차지할까?

이 작품은 부러진 궤(几)의 다리를 고쳐주고 지은 글이다.
궤는 문인들이 글을 읽다가 피곤한 몸을 잠시 기대거나 문필
활동에 필요한 물건을 올려놓는 조그마한 탁자다. 이 때문에
문방사우인 종이, 붓, 먹, 벼루와 함께 문인들에게는 매우 필
수적인 도구이기도 하다. 하지만 한쪽 다리가 부러지면 균형
이 맞지 않아 자연히 불편할 수밖에 없다. 이규보는 부러진
궤의 다리를 이어주고는 서로의 부족함을 채워주는 존재로
그 의미를 확장하고 있다. 비록 사소한 물건에 지나지 않

만, 이규보는 궤를 '물건'으로 치부하지 않고 '사람'으로 간주하고 있다. 이런 점에서도 철저히 문인으로 자부하고 있는 이규보의 의식 세계를 엿볼 수 있다.

나의 벗 벼루 小硯銘

벼루야, 벼루야!
네 작달막함은 너의 부끄러움이 아니다.
너는 비록 한 치의 웅덩이지만
나의 무궁한 의도를 펴게 한다.
나는 비록 여섯 자의 장신이지만
사업은 너를 빌어 이룬다.
벼루야!
나랑 너랑 같이하여
삶과 죽음을 함께 하자꾸나.

이 작품은 벼루에 대한 고마움을 표현한 글이다. '한 치의
벼루'와 '여섯 자의 자신'을 대비시킴으로써 외려 큰 것이 작
은 것에 의지하여 무궁무진한 사업을 펼치는 것으로 설정하

고 있는데, 그의 재치가 돋보이는 작품이다. 벼루는 문인에게서 떼어낼 수 없는 기물이다. 게다가 이규보는 문장을 통해 자신의 의도와 재주를 펼쳐낼 수 있다고 자부하고 있음을 감안하면, 벼루는 그에게 더없이 소중한 존재다. 이 작품에서는 '삶과 죽음을 함께 하자'고 제의하는 것을 통해 일상의 사소한 제재에 대해서도 동료 의식을 투영하고 있음을 읽어낼 수 있다.

제3부

세상살이

뇌물이 통하는 세상 舟賂說

이자(李子, 이규보)가 남쪽으로 강을 건너려 할 때 배를 나란히 하여 함께 건너려는 사람이 있었다. 두 배는 크기도 같고 뱃사공의 수도 같고 싣고 가는 사람과 말의 수도 거의 비슷하였다. 조금 있다가 보니, 그 배는 나는 듯이 떠나가 이미 저쪽 강가에 도착하였으나 내가 탄 배는 여전히 머뭇거리며 앞으로 나아가지 않았다. 그 까닭을 물으니 배에 함께 타고 있던 사람이 말하였다.

"저 배는 뱃사공에게 술을 먹여 뱃사공이 힘을 다해 노를 저었기 때문이오."

나는 이를 부끄러워하면서 탄식하며 말하였다.

"아! 이렇게 조그마한 배가 가는 데도 오히려 뇌물을 주느냐 마느냐에 따라 그 나아가는 것이 빠르고 늦으며 앞서고 뒤처지는 차이가 있는데, 하물며 벼슬길에서 경쟁함에 내 수중에 단 한 푼도 없으니, 지금까지 낮은 벼슬자리 하나 얻지 못하는 것이 마땅하구나."

다른 날 보기 위해 이를 기록한다.

이 작품은 뇌물을 주어야만 빠르고 편하게 강을 건널 수 있는 세태의 씁쓸함을 고발하고 있다. '낮은 벼슬자리 하나'도 얻지 못하였다는 것으로 보아 이 작품은 이규보가 32세 때 전주목 사록(全州牧司錄)으로 부임하기 전에 지은 것이다. 그러므로 여기서 '조그마한 배'는 강을 건너기 위한 나룻배를 가리키는 동시에 이규보 자신의 미약한 처지를 비유한 것이기도 하다. '벼슬길'은 이규보가 자신의 능력을 펼치려고 하는 곳이며, 이에 진출하기 위해 그는 다양한 독서와 창작을 통해 실력을 배양하였다. 그러나 현실은 강을 건널 때에도 사공에게 뇌물을 주어야 할 정도로 부조리가 횡행하고 있다. 이를 통해 이규보는 능력이 아닌 뇌물에 의해 발탁이 좌우되는 현실을 더욱 절감하게 된다.

이규보는 특히 빠름과 늦음, 앞섬과 뒤처짐, 나는 듯이 떠나가 이미 저쪽 강가에 도착한 것과 여전히 머뭇거리며 앞으로 나아가지 않는 등의 상황을 대조시킴으로써 부정한 방법을 통해 목적을 성취하는 자와 그렇지 않은 자신의 현재 모습을 드러내고 있다. 또한 '이미'는 정당한 실력이 아니라 뇌물을 통해 빠르게 벼슬을 얻는 세태를, '여전히'는 돈이 없어

벼슬을 얻지 못한 이규보가 현재의 처지를 답답해 할 뿐만
아니라 불투명한 미래에 대해서도 불안해하고 있음을 오롯이
드러내주고 있다.

유명한 것이 싫으이 忌名說

이자(李子)가 오세재(吳世才)에게 물었다.

"우리나라에는 예로부터 글로 세상에 이름난 사람이 많지만 목동이나 병사들까지 그 이름을 알고 있는 경우는 드뭅니다. 유독 선생의 이름만은 아녀자들까지도 모르는 사람이 없으니, 어째서입니까?"

선생이 웃으며 말하였다.

"나는 늙은 서생으로 입에 풀칠하기 위해 사방을 떠돌아다녀 이르지 않은 곳이 없기에 나의 이름을 아는 사람이 많다네. 그리고 연달아 과거에 응시하였다가 낙방하니 사람들이 모두 '올해에 아무개가 또 낙방하였다'라고 하였다네. 이 때문에 사람들의 눈과 귀에 익숙할 뿐이지 반드시 재주가 있기 때문은 아니네. 게다가 실질은 없으면서 헛된 명성만 누리는 것은 공적도 없으면서 천 종(鍾)의 녹봉을 받는 것과 같네. 나는 실질도 없으면서 헛된 명성을 누린 탓에 이와 같이 곤궁하게 되었네. 이 때문에 평생 꺼리는 것이 이름이라네."

선생은 이처럼 겸손하였다. 그런데도 어떤 사람은 공이 재주를 믿고 남을 업신여긴다고 하니, 이는 선생을 아예 모르는 자다.

오세재는 이름난 학사 오학린(吳學麟)의 손자로, 형 오세문(吳世文)과 함께 당대에 문명을 날리던 인물이었다. 이규보의 재주를 아껴 35년이라는 나이 차에도 아랑곳하지 않고 '망년지우(忘年之友)'를 맺은 그는, 이규보에게는 존경하는 스승이자 선배였다. 이 작품은 그에 관한 이야기다. 작품 말미에서 언급한 것처럼 겸손한 오세재의 인품을 유추할 수 있는 글이지만, 재주와 명성에 비해 불우하게 살았던 그의 모습을 엿볼 수 있는 글이기도 하다.

한편 재주에 걸맞은 관직과 대우를 받지 못한 오세재의 모습에는 그와 유사한 처지의 현실에 낙담하고 미래에 대해 불안해 하는 이규보의 자화상이 투영되어 있기도 하다.

집을 수리하다 理屋說

집에 곧 무너질 듯 쓰러져가는 행랑채가 모두 세 칸이 있는데, 나는 부득이 모두 수리하였다. 이보다 먼저, 두 칸은 장맛비에 젖은 지 오래되었는데, 내가 그것을 알고 있으면서도 어물어물거리다 수리하지 못하였고, 한 칸은 비에 한 번 젖자 재빨리 기와를 교체하였다. 수리할 즈음에 비에 젖은 지 오래된 서까래, 기둥, 들보는 모두 썩어 사용할 수 없었기에 많은 비용이 들었고, 한 번 비에 젖은 것은 재목들이 모두 완전하고 견고하여 다시 사용할 수 있었기에 적은 비용이 들었다.

이에 나는 다음과 같은 생각이 들었다.

사람에게도 마찬가지다. 잘못을 알고도 빨리 고치지 않으면 나무가 썩어 다시 사용할 수 없는 것처럼 잘못될 것이요, 잘못을 알고서 고치기를 꺼려하지 않는다면 집의 재목들을 다시 사용할 수 있는 것처럼 다시 좋은 사람이 될 것이다.

뿐만 아니라 나라의 정치 역시 마찬가지다. 모든 일에는 심하게 백성을 해치는 것이 있는데, 대충대충 개혁하지 않다가 백성이 못살게 되고 나라가 위태로운 이후에 급하게 고치려 한다면 일으켜 세우기가 어렵다. 삼가지 않을 수 있겠는가?

이 작품은 여름 장맛비에 젖었지만 차일피일 미루며 오랫동안 방치한 목재와 한 번 비에 젖자 기와를 새로 교체하여 더 이상 비에 침수되지 않게 한 목재의 재사용에 관해 기술한 것인데, 안일함으로 제 시기를 놓치면 낭패를 볼 수 있음을 경계한 글이다.

이규보는 일상생활에서 겪을 수 있는 이 평범한 소재를 가공하여 수신(修身)과 국정(國政)으로 확대, 발전시켜 논의를 전개하고 있다. 곧 집을 수리하는 일상적인 이야기에서 자신의 잘못을 빨리 깨달아 선인(善人)이 되어야 하는 것으로, 백성들이 굶주려 못살게 되고 나라가 위태롭게 되기 전에 백성을 괴롭히는 제도 전반을 개혁해야 하는 것으로 확대하고 있다.

정원을 손질하며 草堂理小園記

도성 동쪽 초당에 큰 정원과 작은 정원이 있는데, 큰 정원은 가로와 세로가 삼십 보이고, 작은 정원은 가로와 세로가 십여 보쯤 된다. 보(步)는 고대의 전법(田法)에 의거하여 계산한 것이다.

매년 여름 오뉴월에는 풀과 가라지가 무성하게 자라 사람의 허리까지 올라왔지만, 오히려 종들에게 그것을 베라고 시키지 않았다. 집에 있는 작달막한 종 세 명과 야윈 아이종 다섯 명이 그것을 보고는 매우 부끄러워하며 무딘 호미 한 벌을 가지고 풀을 베더니 겨우 서너 보쯤 가다 그만두곤 하였다.

열흘이 지나 또 다른 곳을 손질하면 앞서 손질한 곳에서 풀이 우북하고 무성하게 자랐다. 또 열흘이 지나 다시 우북하고 무성한 곳을 손질하면, 풀은 또 나중에 손질한 곳에서 우북하고 무성하게 자랐다. 이와 같이 하면 끝내 모든 풀과 가라지를 제거할 수 없으니, 이것은 내가 감독을 느슨하게 하고 종들이 힘쓰는 데 게으르기 때문이다. 마침내 용서해 꾸짖지 않고, 아래에 있는 작은 정원을 스스로 손질하였다.

작은 정원은 충분히 손질할 수 있기에 게으른 종들을 그만두게 하고 몸소 손질하였다. 썩은 나무와 덤불을 깎고 낮은 것은 북돋우고 높은 것은 깎아서 바둑판처럼 평평하게 만들었다. 이에 갈옷에 사모(紗帽)를 쓰고 그 위로 옮겨 가 대자리를 깔고 돌베개를 가져다 두었다. 그 위에 누워 있으니 숲 그림자가 땅에 흩어지고 맑은 바람은 솔솔 불어온다. 아이는 내 옷을 잡고 보채고 나는 아이의 목을 쓰다듬으며 즐겁게 날을 보낼 만하였다. 이것은 또한 한가하게 거처하는 자의 즐거움이다.

오호라! 삼십 보의 정원도 손질할 수 없어 십 보의 땅으로 옮겨 간 이후에 겨우 손질할 수 있었으니, 이것은 아마도 졸렬한 자가 이룬 성과일 것이다. 이를 미루어 조정으로 옮겨보면, 자신의 임무를 늘어놓기만 하고 다스리지 못할 것이다.

그러나 예전에 진중거(陳仲擧)는 방 한 칸도 쓸지 않았으나 그의 뜻은 원대하였다.[1] 이로 볼 때, 대장부가 뜻을 온축하고 있는 것에 대해 또 어찌 명료하게 말하겠는가?

스스로 웃으며 사사로이 그것을 기록한다. 기록해 놓고 그것을 보고는 또한 종종 스스로 크게 웃으니, 웃는 것 또한 즐거움이다.

갑인년(1194) 5월 23일에 기록하다.

　이 작품은 정원을 손질하면서 겪은 평범한 일상을 제재로 미래에 대한 희망을 가벼운 터치로 그려내고 있는 글이다. 이를 반영하듯 풀을 베기 싫어하는 종들의 모습과 베고 나면 다시 자라는 풀들의 모습을 포착하여 서술한 부분은 재치 있고 해학적이며, 정원의 풀을 벤 뒤에 아이들과 노니는 장면은 목가적일 정도로 한가롭다. 비록 '오호라'를 통해 경세의 문제로 분위기를 전환하고 있지만, 그리 심각하지는 않다. 왜냐하면 큰일을 할 사람은 자기처럼 자질구레한 일에 관여하지 않는다는 진중거의 예시를 통해 그의 경세의지가 금세 사라지기 때문이다. 이 글을 창작할 당시 이규보의 나이는 27세로, 추천서를 쓴다거나 청탁을 통해 관직에 진출하려고 애를 쓰기 전의 시기였다. 정원에 누워 이런 생각 저런 생각을 하며 일상을 보내던 이규보의 평화로운 모습을 볼 수 있다.

[1]　진중거(陳仲擧)는……원대하였다: 중거는 후한 때 진번(陳蕃)의 자다. 15세 때에 방에 한가히 있으면서 뜰도 쓸지 않았다. 아버지의 친구인 설근(薛勤)이 물었다. "젊은이는 어찌 청소를 하지 않는가?" 진번이 대답했다. "대장부는 마땅히 천하를 청

소해야 하지, 어찌 방 하나를 청소하겠습니까?" 그는 뒤에 벼슬이 태위(太尉)와 태부(太傅)를 거쳐 고양후(高陽侯)에 이르렀다.

꿀벌의 미덕 蜜蜂贊

꽃을 따서 꿀을 만드니
엿처럼 달구나.
기름과도 짝을 이루니
그 쓰임이 끝이 없구나.
사람들은 마구 긁어내어
바닥을 보고야 그만둔다.
네가 죽지 않는 한
사람의 욕심이 어찌 그치겠는가?

하나를 가지면 둘을 가지고 싶은 것이 인간의 헛된 욕망이
며, 끝없는 욕망의 종점에는 패망만이 있을 뿐이다. 이 작품
은 꿀벌의 무한한 쓰임을 칭송하는 전반부와 인간들의 그칠
줄 모르는 욕심을 비판하는 후반부로 구성되어 있다. 짧은 글

이지만 꿀벌의 유용함과 인간의 욕심을 대비시킴으로써 욕구 조절 능력을 상실한 인간의 어리석음과 끊임없이 갈구하고 탐욕을 부려 결국 바닥을 보고야 마는 세태에 대한 비판을 담아냈다.

술잔으로 탐관오리를 때리다 坑擊貪臣說

원외랑 최홍렬(崔洪烈)은 의지가 굳세고 바른 사람이다. 남경에서 서기로 있을 때였다. 권세가 김의문(金義文)이 파견한 노비 중에 주인의 권세를 믿고 제멋대로 남을 해치는 자를 잡아다 죽였는데, 이 때문에 그는 유명해졌다.

그가 낮은 벼슬에 있을 때였다. 여럿이 모인 자리에 고을을 다스릴 때 청렴하지 못한 문사가 한 명 있었다. 최군은 도자기로 된 술잔을 들어 그를 치려고 하면서 먼저 손가락을 입에 넣고 크게 휘파람을 불어 기운을 격발시키고는 큰 소리로 말하였다.

"좌중에 탐욕스러운 자가 있어 나는 그를 치려하오. 옛날에 단수실(段秀實)은 홀(笏)을 가지고 간신을 쳤다고 하던데,[1] 지금 나는 술잔을 가지고 탐욕스러운 신하를 치려 하오."

비록 그 사람의 이름을 지적하여 말하지 않았지만, 그 사람은 스스로 자기가 청렴하지 않음을 알고서 슬그머니 달아났다.

그 뒤 이 일을 가지고 놀리는 자가 있으면 최군은 번번이 화를 냈다. 다만 낭중 이원로(李元老)만이 그를 놀려댔는데, 비록 손가락을 물고 크게 휘파람 부는 시늉을 하더라도 최군은 화를 내지 않고 고개를 숙인 채 스스로 웃을 뿐이었다. 그 것은 이군과 친하였기 때문이다.

이 작품은 권세를 믿고 함부로 날뛰는 자나 백성의 고혈을 빨아먹는 탐관오리에 대한 경계를 부각시킨 글이다. 이를 위해 이규보는 최홍렬과 관련된 몇 개의 일화를 적극적으로 활용하고 있다. 하지만 최홍렬과 관련하여 부모, 출신, 생몰년 등은 생략한 채 '의지가 굳세고 바른' 성격만을 간단하게 서술하였다. 이것은 '홍렬과 관련하여 부모, 출'는 제목에서 알 수 있듯이 이 글의 목적은 최홍렬이라는 인물 자체보다는 그가 실천했던 행위를 통해 권계를 드리우는 것에 무게중심을 두었기 때문이다. 권세가의 눈치를 보지 않고 소신대로 행동하는 강직함, 특히 탐관오리에겐 조금의 여지도 두지 않던 기세등등함을 현장에서 보듯이 생동감 있게 표현하고 있다.

[1] 단수실(段秀實)은……하던데: 당나라 사람인 단수실이 사농경(司農卿)으로 있을 때였다. 당시 간신이던 주자(朱泚)가 반역을 도모하면서 인망이 높던 단수실을 불렀다. 단수실은 그에게 가서 짐짓 친절한 체하다가 하루는 그와 함께 모의하는 자리에서 갑자기 그의 상홀(象笏)을 빼앗아 이마를 후려치면서 크게 꾸짖었다고 한다.

노극청의 정직함 盧克淸傳

노극청(盧克淸)이라는 자는 어떤 사람인지 알 수 없다. 관직은 보잘것없는 직장동정(直長同正)에 그쳤다. 집이 가난하여 집을 팔려고 하였으나 팔지 못한 채 일 때문에 외직으로 나갔다. 그의 아내가 낭중(郎中) 현덕수(玄德秀)에게 백은(白銀) 열두 근을 받고 집을 팔았다. 극청이 서울에 도착하여 집값을 너무 많이 받았음을 알았다. 드디어 세 근을 가지고 덕수의 집에 이르러 말하였다.

"내가 실제로 이 집을 살 때에 아홉 근을 주었을 뿐입니다. 몇 년 동안 살면서 수리한 것도 없는데 세 근을 더 받았으니 이치가 아닙니다. 나머지 세 근을 돌려드리려 합니다."

현덕수 역시 의로운 사람이었다. 거절하고 받지 않으면서 말하기를,

"어찌하여 그대만 홀로 경우를 지키고 나는 그렇게 하지 않겠는가?"

하고는 결국 받지 않았다. 극청이 말하였다.

"나는 평소 의리에 어긋나는 일을 하지 않거늘 어찌 싸게 사고서 비싸게 팔아 재물에 더럽혀질 수 있겠습니까? 만약 각하께서 제 말을 따르지 않으신다면, 그 값을 모두 돌려드리고 다시 내 집을 받고자 합니다."

덕수가 어쩔 수 없이 받았다. 그리고는 말하였다.

"내가 어찌 극청보다 못하겠는가?"

드디어 나머지 백은을 절에 기부하였다. 이 이야기를 들은 모든 사람들이 탄식하면서 말하였다.

"잇속을 다투는 말세에도 이와 같은 사람이 있구나!"

나는 이 일을 기록한 자가 집안의 세계(世系)와 나머지 행적을 자세하게 기록하지 않은 것을 한스럽게 여긴다.

역사서에 미천한 신분이나 여성의 전기를 만들어 수록하는 경우, 그 목적은 교화에 있다고 할 수 있다. 김부식(金富軾)이 『삼국사기』에 온달(溫達)이나 도미(都彌) 등의 전기를 실어 그의 유가적 경세 의식을 펼친 것도 이와 같은 맥락이다.

「노극청전」은 이러한 경세 의식의 연장선상에 있는 작품이다. 양심을 속이지 않는 노극청이라는 인물을 통해 잇속을 다투는 세태에 대해 경각심을 불러일으키려는 뚜렷한 목적

아래 쓰여진 작품으로, 원래는 『고려사』 열전에 있던 것이다. 이규보가 직접 창작한 것이 아니지만, 일부 윤색하여 그의 문집에 수록한 이유가 바로 여기에 있다.

제4부

떠남과 보냄

아비의 슬픔을 부처 殤子法源壙銘

어린 중 법원(法源)은 내 아들이니, 나의 이씨 성을 버리고 부처를 따른 자다. 열한 살에 규공(規公) 스님에게 가서 머리를 깎고 중이 되었는데, 선사를 섬기는 것이 매우 삼갔다. 성격이 영민하고 똑똑하여 심부름을 시키면 미리 그 의도를 알아차려서 따로 지시할 필요가 없었다. 그래서 스님이 가장 좋아하였다.

절에 있을 때 갑자기 병에 걸려 우리 집에 와서 하룻밤을 묵고는 다음 날 죽었다. 3일 뒤에 산에 묻었다. 아아! 어찌 이와 같이 빠르단 말인가?

경진년(1220) 11월에 머리 깎고, 임오년(1222) 2월에 저 세상으로 돌아갔으니, 중이 된 지 16개월 만이었다. 내가 드디어 이 글을 짓고 석 자 나무판에 새겨서 무덤에 넣고는 슬픔을 부칠 뿐이다. 그 몸과 명사(銘詞)는 빨리 썩는 것만 못하니, 어찌 굳이 돌에다 새겨 오래도록 전하겠는가?

다음과 같이 명(銘)을 짓는다.

승복(僧服)은 하루만 입어도 족하거늘
하물며 두 해 겨울과 한 해 여름임에랴!
네 죽음은 외려 괜찮구나.

이 작품은 짧은 글임에도 불구하고 비지류(碑誌類, 죽은 사람을 기리기 위해 짓는 글)에 필수적으로 기재되어야 할 사항들이 대부분 기록되어 있다. '내 아들'은 가계를, '법원'은 성명을, '규공을 따라 출가하였고 심부름을 잘하여 선사가 가장 좋아했던 일'은 행적을, '영민하고 똑똑함'은 자질을, '경진년 열한 살'은 출생을, '임오년의 죽음'은 사망일을, '산에 묻음'은 장지(葬地)를 가리킨다. 또한 '어찌 이와 같이 빠르단 말인가'에서는 탄식을 통한 슬픔을 서술하였고, 명(銘)까지 갖추었다. 이상의 사실을 감안할 때, 이규보가 얼마나 많은 심혈을 기울여 이 작품을 창작하였는지 짐작할 수 있다.

한편 이규보는 이 명사를 나무판에 새겼고, 또 몸과 이 글이 빨리 썩으라고 언급하였다. 결론부터 말하자면, 이것은 더 많은 시간을 함께 하지 못하고 홀로 저 세상으로 떠난 법원에 대한 자신의 슬픔을 반어적으로 표현한 것이다. 이규보는 법원이 규공에게 가장 사랑을 받았다고 했지만, 만약 법원이 중이 되지 않고 이규보의 슬하에 그대로 있었다면 어떠했을까? 이규보는 법원을 두고 영민하고 똑똑하며 심부름을 시키면 미리 의도를 알아차려 일일이 지시할 필요가 없는 아이라고 하였다. 법원은 규공에게 가장 사랑받는 제자였지만, 동시에 자식으로서 가장 사랑받을 만한 자질을 충분히 지닌 아이였다. 결국 규공이 가장 사랑하였다는 표현은 이규보가 가장 사랑하였음의 다른 표현인 셈이다. 그렇기에 병이 들어 집으로 돌아왔으나 손 한 번 제대로 써보지 못하고 하룻밤 만에 죽어버린 아들을 산에 묻은 뒤, 이규보는 자신의 극명한 슬픔을 '아아! 어찌 이와 같이 빠르단 말인가?'라는 짧은 탄성 속에 담아냈다.

이젠 뵐 수 없겠지요 祭父文 代人行

아무 달 아무 날에 아룁니다. 예전에 아버지께서는 남쪽에 계시고, 저는 서울에서 학업을 하고 있었지요. 거리가 멀어 비록 힘들기는 하였지만 찾아가면 뵐 수 있었지요.

그러나 지금 아버지가 계신 북쪽 산자락은 도성과 얼마 멀지 않습니다. 잠깐 만에 갈 수야 있지만 간들 어찌 뵐 수 있겠습니까? 마침내 저의 일생에서 다시 뵐 길이 없으니 말을 하려 하다가도 목이 메어 아뢰기 어렵습니다.

보잘것없는 술을 올려 저의 소박한 마음을 드러냅니다. 아아! 슬픕니다.

이 작품은 이규보가 어떤 사람을 대신해서 그의 아버지에게 올리는 제문이다. 몇 줄 안 되는 짧은 제문이지만 매우 진솔하여 애도의 정이 깊게 느껴지는 작품이다.

이 글은 지난 일을 되새기는 것으로 시작하고 있다. 첫 단락에서는 구체적이고 세밀하게 기술하지 않았음에도 불구하고 부자간의 소박한 정을 느낄 수가 있다. 멀리 남쪽에 있기에 직접 뒷바라지를 할 수는 없으나 항상 아들의 성공을 비는 아버지의 모습을 상상할 수 있다. 또한 아버지의 뜻에 부응하고자 고향을 떠나 객지인 서울에서 학업에 정진하는 아들의 모습도 그릴 수 있다. 그리고 가끔씩 먼 길을 달려 부자가 서로 만나 그간의 소식들을 묻는 정경도 유추할 수 있다. 하지만 이 짤막한 단락 속에 나타난 부자간의 정겨움은 바로 다음 단락에서 아버지의 죽음으로 인해 금세 슬픔으로 전환된다.

제문에서 망자의 죽음에 대한 슬픔을 증폭시키기 위해 대비를 사용하는 것은 일반적인 수법이다. 이 작품 역시 아버지가 죽기 전과 죽은 후의 일화를 대비적으로 서술하였다.

먼저 시간적으로 '과거'와 '현재'를 대비하였고, 공간적으로 '서울에서 아버지가 계신 남쪽 고향까지의 멂'과 '서울에서 아버지의 무덤까지 몇 걸음 안 되는 가까움'을 대비하였으며, '고향까지 가는 여정의 어려움'과 '잠깐 사이에 무덤까지 갈 수 있는 쉬움'을 대비하였다.

하지만 이상의 대비는 전제에 불과하며, '가면 뵐 수 있는' 상황과 '가더라도 뵐 수 없는' 상황이 극명하게 대비를 이루면서 슬픔이 급격하게 증폭된다. 짤막하고 일상적인 일화임에도 불구하고 대비를 통해 슬픔을 증폭시키는 표현 기교가 돋보이는 작품이라 할 수 있다.

못 다한 효도 祭李紫微諒文 代子壻崔君行

아무 달 아무 일에 아무 벼슬을 하고 있는 사위는 삼가 맑은 술과 갖은 음식을 마련하여 중서사인(中書舍人)을 지내신 장인 이공(李公)의 영전에 공경히 제사를 드립니다.

오호라, 슬픕니다! 공의 덕망은 태산처럼 높고 북두칠성처럼 밝았습니다. 학사(學士)를 지낸 최선(崔詵)이 묘지명(墓誌銘, 망자의 일대기를 기록하여 무덤에 넣는 글)을 자세하게 지어 대가의 솜씨를 한껏 발휘하였으니, 공의 이름은 영원히 전해질 것입니다.

영명하신 우리 공이시여! 굳은 절개가 대단하셨습니다. 중서성(中書省)에서 제고(制誥)를 맡아 황제 좌우에 계실 때에는 마치 천리마가 구름을 뚫고 올라 한창 내달리려 하였는데, 그 누가 갑자기 밀어젖혀서 넘어뜨렸단 말입니까?

보잘것없는 저는 일찍이 외람되게 혼인을 맺어 한 번 먹고 한 번 마심에 모두 장인을 의지하였습니다. 아직까지 조금도 보답하지 못하였는데 벌써 돌아가셨군요. 제가 예전에 아내와 함께 아이들을 데리고 왔을 때, 딸아이는 제 무릎에서 놀고 사내아이는 제 어미 품속에서 울고 있었습니다. 제가 웃으면서 아내에게 말하였답니다.

"아이를 빨리 키우시게. 딸아이가 장성하고 사내아이가 크면, 세시(歲時)나 명절 때 고기를 그릇에 담고 술병을 맞들고는 아이를 데리고 와서 그대의 부모님께 인사를 드립시다. 내가 소매를 걷고 꿇어앉아 술잔을 들어 축수할 때, 사내아이는 술잔을 잡고 나는 손수 술을 따를 테니, 그대와 딸아이는 차례로 받아서 올리시오. 평생 이와 같이 한다면 어찌 부귀를 부러워하겠소?"

아내는 웃으면서 저에게 말하였습니다.

"이 말씀을 제가 명심할게요."

오호라, 애통합니다! 이 뜻을 아직 이루지 못하였는데, 돌아가신 뒤에 온갖 음식을 드신들 무슨 도움이 되겠습니까? 슬픔을 부쳐서 변변찮은 술 한 잔을 올립니다. 오호라, 슬픕니다!

이규보는 남을 대신해서 지은 제문이 몇 편 있는데, 이 작품도 최군을 대신해서 장인을 애도하기 위해 창작한 제문이다. 문장을 잘 짓기로 유명하였던 최선이 이량(李諒)의 묘지

명을 지었다는 이규보의 언급에서, 이량이 당대에 덕망이 높고 명망이 있었음을 간접적으로 알 수 있다.

한편 이규보는 최선이 지은 묘지명이 있음을 밝힘으로써 자신의 제문을 일반적인 제문과 차별화하고 있다. 즉 망자의 인물됨과 죽음에 대한 기술은 대폭 줄이고, 대신 그를 애도할 수 있는 일화를 집중적으로 서술하였다.

어느 해 명절인가 사위는 아이들을 데리고 장인에게 인사를 올리러 간 적이 있다. 이규보는 이 일화에 집중한다. 일화 속에서 사위는 아내와의 대화를 통해 앞으로도 이러한 단란함이 계속해서 이어지기를 염원한다. 그러나 누구에게나 있을 법한 일상의 한 단면에서 느낀 무한한 행복감은 장인의 죽음으로 인해 금세 꺾이고 만다. 사위의 염원은 부귀공명과 같은 대단한 것이 아니다. 다만 때때로 자식들과 함께 장인을 찾아가 술과 음식을 올리며 가족 간의 정다움을 나누고 싶을 뿐이다. 바람이 진솔하고 소박할수록 그마저도 이룰 수 없게 하는 인생의 유한성은 더욱 비감을 자아낸다. '돌아가신 뒤에 갖추어진 온갖 음식'은 망자에게 아무런 의미가 없다. 그리고 정성껏 준비한 음식으로 모실 수 있는 기회를 잃어버렸다는 박탈감은 망자에 대한 사위의 슬픔을 더욱 배가시킨다.

누구와 시를 논할까 全履之哀詞

나의 벗 전탄부(全坦夫)는 자가 이지(履之)다. 돈독하고 신의가 있고 현명하고 민첩하며 문학에 뛰어난 사람이다. 벼슬은 중군녹사(中軍錄事)에 이르렀다. 나보다 먼저 벼슬을 시작하였지만, 내가 이미 보궐(補闕)에 올랐을 때에도 여전히 승진하지 못하였다. 정우(貞祐, 금나라 연호) 연간 아무 해에 원수(元帥)의 막부 보좌관이 되어 국경을 침범한 거란을 정벌함으로써 겨우 8품으로 승진하였다. 그러나 마침내 전장(戰場)에서 죽고 말았다. 나는 이를 슬퍼하여 다음과 같이 애사(哀詞)를 짓는다.

옛날의 어떤 유장(儒將)은 마치 어린아이를 다루듯 삼군을 통솔하여 오랑캐를 제압하였다고 하였지. 생각건대, 그대는 이러한 재주를 가지고 있었음에도 불구하고 막하의 관직이 낮아 제 실력을 발휘하지 못하였으니, 이를 어찌하랴! 그대는 계책을 마음대로 결정하기 어려웠고, 용기도 평소에 길러진 것이 아니었다. 마땅하구나, 이처럼 운명함이여! "군대의 일은 배우지 못하였다"라고 공자께서 말씀하셨지. 그대역시 공자처럼 예법의 일을 익힌 사람인데, 어찌하여 칼과 화살이 난무하는 위험을 만났단 말인가? 소나무를 끌어당기고 물을 가리키며 하였던 옛날의 맹세가 있어 눈물을 뿌리며 슬프게 목 놓아 운다오. 끝이로구나, 그대를 다시 볼 수 없음이여! 나는 누구와 시를 논한단 말인가? 어찌 그대처럼 시를 함께 논할 사람이 없겠는가만, 그대의 시는 간략하면서도 할 말을 다 피력하였지.

전탄부는 젊은 시절부터 이규보와 시를 서로 주고받던 시우(詩友)이자 마음을 터놓을 수 있던 지기(知己)였다. 그러나 이규보와 전탄부의 관계를 고려할 때 이 작품은 내용이 너무 소략하다. 하지만 이규보는 짤막한 문장 속에 전탄부의 일생은 물론이거니와 그의 불행한 죽음을 압축적으로 기술하여 비감을 차츰 강화시켜 가고 있다.

앞부분에서는 '돈독하고 신의가 있고 현명하고 민첩하다'고 하여 전탄부의 성품을 기술하였고, '문학에 뛰어난 사람'이라고 하여 그가 문학적 재주가 있음을 기술하였다. 그리고 작품 말미에서는 '나는 누구와 시를 논한단 말인가?', '그대의 시는 간략하면서도 할 말을 다 피력하였지'라는 말로 앞부분의 '문학에 뛰어난 사람'이라는 말과 호응시키면서 '시우'로서의 전탄부의 존재감을 강하게 드러냈다.

이규보는 전탄부의 관력에 대해, 벼슬을 먼저 시작한 전탄부의 녹사라는 벼슬이 자신의 보궐보다 낮다고 기술함으로써 관직운이 없음을 언급하고 있다. 이것은 앞에서 설명한 그의 훌륭한 성품이나 문학적 자질과 대비되어 전탄부의 불우함을 넌지시 부각시킨다. 나아가 문인인 전탄부가 8품의 관직으로 전장에서 죽었음을 기술함으로써 그의 불행함을 본격적으로 부각시키고 있다. 특히 뒷부분에서 '삼군을 통솔하여 어린 아이를 다루듯 오랑캐를 제압한 유장(儒將)' '계책을 실행할 수 없는 미관말직' '장수로서 가져야 할 용기의 부족' '군대의 일을 배우지 않았다는 공자의 언급' 등 새로운 내용을 차례로 기술하여 앞부분에서의 '전장에서 운명한' 일화를 서술함으로써 전탄부의 불우함이 더욱 도드라지도록 하였다.

낙방한 선배에게 送崔先輩下第西遊序

　선비가 고시관에게 채용되기를 구하는 것은 농사짓는 것과 비슷합니다. 농부가 천택(天澤)이 반드시 때에 맞지는 않고 지력(地力)이 반드시 이롭지는 않을 것이라 미리 의심하여 호미나 쟁기 같은 농기구를 마련하지 않고 밭을 갈지도 씨를 뿌리지도 않고서, "이것은 천지(天地) 때문이지 나 때문이 아니다"라고 한다면 옳겠습니까? 요컨대 농기구를 반드시 잘 수리한 다음 밭을 갈고 또 이어서 김을 매는 등 때에 맞게 노력했는데도 뒤에 천시(天時)와 지리(地利)가 보답하지 않는다면 이것은 천지의 허물이지 밭 가는 사람의 잘못이 아닙니다.

　선배는 젊은 시절부터 책방에 살면서 설경(舌耕)의 도구를 연마하여 고시관이 시험해 주기를 구하였으나 고시관이 취하지 않았으니, 이것은 고시관의 부끄러움이지 선배의 부끄러움은 아닙니다. 선배가 물러나서 더욱 도구를 날카롭게 연마하여 현명한 고시관을 기다렸다가 재주를 다툰다면 아침에 씨앗을 파종하여 저녁에 천 상(廂)이나 되는 곡식을 거둘 것이니, 어찌 익지 않음을 두려워하겠습니까? 선배는 노력하십시오!

외기러기 남쪽으로 날고 나뭇잎은 반쯤 졌는데, 이러한 때에 선배를 떠나보내자니 어찌 슬프지 않겠습니까?

백운거사는 쓰다.

이규보는 고시관과 선비의 관계를 농사짓는 일에 비유함으로써 선배를 전송하는 글을 시작하고 있다. 농부가 최선을 다하였는데도 하늘이 보답하지 않는다면 이것은 하늘의 잘못이다. 이와 마찬가지로 젊은 시절부터 독서에 몰두하여 만 권의 복고(腹稿)를 구비한 최 선배가 발탁되지 못한 것은 고시관이 현명하지 못한 탓이라는 것이다. 그러므로 최 선배가 실망하지 않고 더욱 날카롭게 도구를 연마하여 자신의 실력을 알아줄 만한 현명한 고시관을 기다린다면 머지않아 급제할 것이라 위로한다. 고시관에 대한 은근한 비난과 '아침에 씨앗을 파종하여 저녁에 천 상(廂)이나 되는 곡식을 거둘 것'이라는 말에서 최 선배에 대한 이규보의 깊은 신뢰와 안타까움을 느낄 수 있다.

특히 말미에서 이별하는 시점이 쓸쓸한 가을임을 밝힘으

로써 최 선배를 떠나보내는 자신의 슬픔을 부각시키고 있다. 낙방의 실망감을 안고 서쪽으로 홀로 떠나가는 최 선배의 외로운 처지가 '남쪽으로 날아가는 외기러기'에 투영되고, 의욕을 상실한 채 초라하게 길을 나서는 최 선배의 모습이 무성한 여름과 결실의 가을을 지나 '잎이 반쯤 떨어진 나무'에 겹쳐지면서 더욱 비애감을 자아낸다. 이규보는 작품의 처음 부분부터 줄곧 최 선배의 불우한 처지에 대한 안타까움과 위로를 표현하는 데 주력하다가 끝에 가서는 일순간 쓸쓸함과 애잔함으로 전환시키고 있다.

동기생 노생을 보내며 送同年盧生還田居序

　예전에 내가 그대와 함께 다니며 배울 때, 갓끈을 씻고 아름다운 물에 목욕하며 청운에 고삐를 놓아 평소의 뜻을 분발하려 하였다네. 내 비록 높은 관직에 이르지는 못하였으나 또한 우뚝한 관모를 쓰고 보라색 인끈을 차는 아경(亞卿)의 자리에 있으니, 내 분수에는 족하다네. 그대는 준수한 재주를 가지고 있으면서도 여전히 낮은 벼슬 하나 얻지 못해 척박한 밭뙈기를 찾아 가족을 데리고 남쪽으로 갔으니, 너무도 가련한 상황에 마음이 아프지 않을 수 없었네. 내가 벼슬에 나아가 여러 관직을 거치면서 기쁜 일이 적고 흥미도 없어져 자못 벼슬할 생각이 없게 되고 나서는 용기 있게 떠난 그대를 높이 평가하고 남쪽을 향해 재배하지 않은 적이 없었다네. 이제 족하가 이리저리 다니다가 다시 개성에 오니, 나는 예전의 뜻을 잊고 벼슬에 마음을 둔 것이 아닌가 여겼네. 그런데 족하가 불과 며칠 머물고는 내게 와서 떠나는 기일을 말하니, 그제야 내가 그대를 낮추 평가한 것을 크게 후회하고 다시 머리를 조아리고 재배하며 고아한 풍모에 공경을 표하네.

아! 꿈결 같은 인생의 부침에 대해서는 내가 익히 알고 있으니, 마땅히 이곳을 떠나 갓을 걸어 놓고 속세를 비웃어야 하거늘 어찌하여 세상일에 골몰하며 아직까지 청산 백운에 노니는 사람이 되지 못하였는가? 출처가 서로 달라 다시 볼 날을 기약할 수 없으니, 박주(薄酒)라고 사양하지 말고 부지런히 술을 들게나. 바람과 햇살은 맑고 깨끗하며 새들은 짹짹 지저귀어 함께 놀기 좋은데, 차마 나를 버리고 남쪽으로 가려는가?

이규보의 과거 동기생 중에는 현달한 사람과 문장에 뛰어난 사람이 많았는데, 이규보는 이에 대한 자부심이 대단하였다. 그리고 동료애도 남달라 중간에 벼슬이 끊겨 곤궁하게 살고 있는 동기생 신례(申禮)나 예순의 나이에도 여전히 관직을 얻지 못한 최극문(崔克文)을 당시 집권자인 최우(崔瑀)에게 추천할 정도였다.

이규보의 동기생 중 노생(盧生)은 과거에 급제하고도 낮은 벼슬을 하나 얻지 못해 전원으로 돌아갔다. 문면상 이규보는 용기 있게 떠난 노생에 대해 경외감을 표하고 있지만, 그 이면에는 매우 애잔한 정서가 담겨 있다. 왜냐하면 노생은 개성에서의 삶에 회의를 느껴서 전원으로 돌아간 것이 아니라 관직에 진출할 가능성을 찾지 못해 절망감을 안은 채 척박한 밭뙈기를 찾아 가족을 데리고 멀리 남쪽으로 떠나갔기 때문이다. 곧 '고아한 풍모에 경의를 표한다'는 말은 핸나 얻떠나지 는 자신의 슬픔 얻억누르고 개성 얻떠나가는 핸나 얻위로하기 위한 수사에 지나지 않음을 알 수 있다.

게다가 남쪽으로 내려간 노생은 그곳의 생활 역시 순탄하지 않았던지 이리저리 다니다가 다시 개성으로 돌아온다. 실제 그는 이규보에게 편지를 보내 양식을 구걸하였고, 이규보는 간직하고 있던 쌀 약간을 보내주기도 하였다.

한편 출처가 달라 다시 볼 기약이 없는 상황임에도 불구하고 햇살과 바람은 너무나 맑고 화창하며, 주변의 산새들은 벗과 함께 자연을 만끽하라며 유혹한다. 그러나 함께 놀기 좋은 자연의 풍광은 이별의 술자리와 극명하게 대조를 이루면서 더욱 비애감을 자아낸다.

게다가 '차마 나를 버리고 떠나려는가?'라고 외치는 이규보의 격정 속에는 관직을 얻지 못해 또다시 남쪽으로 내려가는 노생에 대한 연민과 이를 지켜볼 수밖에 없는 나약한 자신의 처지에 대한 자괴감마저 자리잡고 있다.

노생과 함께 공부하고 청운의 꿈을 꾸며 즐겁게 보내던 과거와는 판이한 현재의 모습으로 마무리되면서 연민과 비애가 극대화되고 있다.

스님, 미인을 조심하오 送宗上人南遊序

원종 스님이 남쪽으로 유람을 떠나려 할 때 나에게 와서 여행을 간다고 말하고는 시와 서문을 써달라고 간절히 졸라댔다.

그에게 말하였다.

"도의 경지는 지극히 공(空)하여 동서(東西)의 구별이 없네. 일반적으로 스님이란 반드시 마음은 빈 배처럼 하고 행적은 뜬구름처럼 여겨 동쪽과 서쪽, 머묾과 떠남을 생각하지 않는 사람이네. 그런데 그대가 나에게 여행을 떠난다고 알리니 이는 진실로 불가의 죄인이로세. 내가 눈으로만 전송하는 것도 도의 경지에는 한 점의 흠이 되거늘 하물며 이렇게 시와 서문을 쓰는 행위임에랴! 하지만 그대가 원하니 내가 한마디 말을 해 주지 않을 수 없구려. 그럼 한 번 말해보겠네."

내가 다시 말을 이었다.

"내가 생각을 잊고 대하면 비록 정이 있는 사물도 완전히 정이 없게 되고, 내가 마음을 두게 되면 정이 없는 사물도 도리어 정이 있게 되네. 그대는 산수를 감상할 만한 것이라 여기고, 또 산수 중에서 강남이 가장 아름다운 곳이라고 여겼기 때문에 이번 유람을 하게 되었네. 만약 마음에 항상 기대감을 품고 승경을 찾아가서 본다면, 산은 더욱 곱고 물은 더욱 아름다워 정을 머금고 자태를 꾸며 앞뒤에서 애교를 부리지 않음이 없을 걸세. 안개 싸인 산봉우리는 길고 푸른 눈썹을 어여쁘게 드러내고 맑은 호수는 곱게 단장한 모습이겠지. 교대로 연주되는 물소리와 잡다하게 울려대는 솔바람에 스님은 이에 응접할 겨를도 없으며 잠자고 먹는 것도 잊을 걸세. 비록 딱 잘라 끊어버리고자 하여도 저것이 끌어당기고 놓아주지 않음을 어찌 하겠는가? 그렇다면 색을 좋아하고 음악을 즐기는 세상 사람들과 무슨 구별이 있겠는가? 정에 이끌리는 점은 마찬가지일세. 그대가 가서 그런 경관을 볼 때, 만약 산수가 눈을 끌고 마음을 당겨 꽉 잡고 놓아주지 않는다면 마땅히 내 말을 참고하여 떨쳐내어 똥이나 오물처럼 산수를 보아야 할 걸세. 그리고 유유히 인간 세상으로 빨리 돌아와 다시 우리들과 함께 이리저리 노닐면서 홍진(紅塵)을 청산과 녹수처럼 본 뒤에야 도를 얻었다 말할 수 있을 걸세."

다음과 같이 시를 지어 준다.

한가로운 한 조각 흰구름은
바람 따라 어느 산에 머물렀나?

이리저리 다니며 본디 매여 있지 않으니,

좋게 갔다 좋게 돌아오시게.

이 작품은 불가의 '공(空)'을 빌어 스님의 유람을 은근히
비꼰다. 이규보는 일체의 인연을 끊어야 하는 불교의 교리로
볼 때 눈으로 남을 전송하는 것도 불가의 죄인이므로, 인연에
집착하여 시와 서문을 써 주지 못하겠다고 진술한다. 그러나
서두의 '간절히 졸라댄다'는 표현이나 끝부분의 '다시 우리들
과 함께 이리저리 노닐자'라는 언급을 통해 볼 때, 원종 스님
과 이규보의 관계가 친밀하다는 것을 알 수 있다. 때문에 이
작품은 물욕에 집착하여 유람을 떠나는 원종 스님에 대한 비
판이 깃들어 있기는 하나, 이규보와 원종의 관계를 고려해 볼
때 이는 비판보다 '정겨운 핀잔'에 더 가깝다.

여색과 음악은 탐닉으로 빠져들게 하는 제1요소로 일반인
들에게도 가장 큰 경계의 대상이다. 하물며 도를 수행하는 승
려에게는 더더욱 금기의 대상이다. 이규보는 '고움', '아름다
움', '정을 머금고 자태를 꾸밈', '애교', '길고 푸른 눈썹', '어
여쁨', '곱게 단장함', '물소리' '솔바람' 등으로 강남의 산수를
묘사하고 있는데, 이것들은 모두 미인이나 음악과 관련된 용
어다. 이규보는 이 글의 수신자가 스님이라는 것을 이용하여

그의 유람을 슬쩍 비꼬기 위해 이러한 표현 수법을 동원하였는데, 이규보의 기발한 착상을 엿볼 수 있는 부분이다. 또한 아름다운 경치가 '눈을 끌고 마음을 당겨 꽉 잡고 놓아주지 않는다'는 표현으로 아름다운 여인이 시선을 사로잡고 유혹하는 장면을 연상하게 하여 여색 앞에 여지없이 무너지고야 마는 스님을 가정함으로써 수행자인 원종 스님을 은근하고 정겹게 놀려대고 있다.

이규보의 정겨운 핀잔은 여기에서 그치지 않는다. 육안이 아니라 심안으로 들여다보면, 똥, 오물, 홍진도 청산녹수와 다름없고, 이를 깨우쳐야 진정한 도를 얻을 수 있다. 그러므로 굳이 강남의 산수를 유람할 필요없이 속세인 개성에서 자기들과 노니는 것 역시 아름다움을 만끽할 수 있는 법이다. 이 때문에 이규보는 아름다운 산수를 탐닉하느라 잠자고 먹는 것도 잊는 것은 물론이거니와 일상생활의 응접도 제대로 못 할 원종 스님을 상상하고는 오래 머물지 말고 빨리 돌아오라고 재촉한다.

제5부

술과 문학

술통의 미덕 樽銘

네가 담고 있는 것을 옮겨
사람의 배 속에 넣는다.
너는 찼다가도 덜어낼 수 있어 넘치지 않는데
사람들은 가득한데도 덜어내지 못해 쉬 넘어진다.

이규보의 산문에는 일상생활 속에서 흔히 보고, 경험할 수 있는 제재를 적극적으로 활용한 작품이 많다. 문인에게 필수적인 벼루나 장척(長尺)을 형상화한 것은 그 대표적인 것이라 할 수 있다. 그중에서도 이규보가 철이 들면서부터 죽을 때까지 함께 한 것이 있는데, 그것은 바로 술이다.

이 작품은 내용이 평이하기 때문에 군이 깊게 파고들지 않아도 이규보의 의도를 쉽사리 파악할 수 있다. 주제는 술통의 미덕이다. 하지만 이규보는 술통의 미덕을 칭찬하는 데

그치는 것이 아니라 사람과 결부시킨다. 사물에 대한 이규보
의 예리한 관찰은 바로 인간사에 관한 깊은 통찰에서 비롯되
었음을 알 수 있다.

술병의 지위 漆壺銘

박으로 병을 만들어
술을 담는 데 이용하네.
목은 길고 배는 텅 비어
막히지도 기울지도 않네.
그래서 내가 보배로 여겨
옻칠하여 윤기 나게 하였네.
술통과 술독,
단지나 항아리는
가까운 곳에 있을 때는
내가 사용할 수 있지만
먼 곳으로 가게 되면
덩치가 커서 가지고 갈 수 없네.
어여쁘다, 이 병은
내 곁을 감히 떠나지 않는구나.
저 멀리 남쪽으로 갈 때

길이 가파르고 험한 데도
앞에는 시원한 샘이 없고
뒤에는 맑은 못도 없었지.
오직 네가 담고 있는 것만이
나의 입술을 적셔주었지.
뒷 수레에 너를 실었으니
어찌 가죽부대가 필요하겠는가?
너의 공로에 보답하고자 하나
무엇을 해야 할지 모르겠구나.
너를 호공(壺公)으로 책봉하고
주관(酒官)의 관직을 주노라.

이규보는 29세에 어머니를 뵙기 위해 상주로 내려갔고, 32세에 그의 첫 관직인 전주목 사록(全州牧司錄)을 맡기 위해 전주로 내려갔으며, 35세에 반란군을 진압하기 위해 경주로 내려간 적이 있었다. 이 작품에서의 남쪽으로 내려간 때란 정확하게 어느 시기를 말하는지 알 수 없다. 세 번의 여정이 모두 장거리 여행임에 틀림이 없으니, 어쩌면 세 시기에 모두 해당된다고 할 수 있다.

이규보는 항상 술을 달고 살았으니, 여행 중에도 술은 반드시 필요했을 것이다. 단지나 항아리에 비해 술병은 편의성이라는 장점을 가지고 있다. 그러므로 시원한 샘이나 맑은 못을 만나지 못하더라도 수레에 실린 술병은 항상 자신의 입술을 적셔줄 수 있었다. 이규보는 이러한 공로를 인정하여 자신의 술병을 호공(壺公)으로 책봉하고 관직까지 내리고 있는데, 그의 익살스럽고 여유로운 모습을 여기에서 살펴볼 수 있다. 주변의 사물에 항상 관심을 가진 그였지만, 술병처럼 강한 애착을 가진 사물이 과연 몇이나 되었을까?

마르지 않는 술병 酒壺銘

병아, 병아!
두 말의 술을 담았구나.
비워도 다시 채워지니
언제쯤에야 취하지 않을까?
나의 몸을 꼿꼿하게 하고
나의 뜻을 탁 틔게 하는구나.
춤을 추고 노래 부르는 것은
모두 네가 시킨 일.
너를 추종하는 자는 나이니
다만 마르지 말기를.

'병아, 병아!'라고 부르는 것은 벼루의 덕을 칭송하면서
'벼루야, 벼루야!'라고 부르는 것과 동일한 어법으로 술병에

대한 친근함을 드러낸 것이다. 그도 그럴 것이 이규보 자신의 몸을 곧추세우고 뜻을 펼치며, 춤추고 노래하게 하는 술을 담는 것이 바로 술병이기 때문이다. 늘그막에 술주정을 부리다가 반성문까지 쓴 이규보이지만, 그의 가전인 「국선생전(麴先生傳)」에서 선생이라는 칭호를 사용할 정도로 술에 대한 애착은 한이 없다. 그래서 술병에게 제발 술이 마르지 않게 해 달라고 부탁한다. 술이 마르지 않는다는 것은 곧 시인으로서의 시상(詩想)이 떨어지지 않는 것이니, 술은 이규보 인생의 전부라고도 할 수 있다. 이 작품은 술과 술병을 대하는 진솔함과 여유, 그리고 익살이 고스란히 배어 있는 글이다.

다시는 술을 마시지 않겠습니다 上崔相國書

아무 달 아무 일에 국자좨주 한림시강학사 지제고(國子祭酒翰林侍講學士知制誥) 이 아무개는 삼가 상국 각하께 글을 올립니다. 저는 본래 못난 사람인데, 외람되게도 각하께서 잘 봐주셔서 벼슬한 지 몇 해 되지도 않아 3품의 관직에 올랐고, 학사(學士)와 제고(制誥)의 벼슬까지도 겸임하였습니다. 비록 옛사람 중에 좋은 벗을 만나 국사(國士)로 대우 받은 사람이라 하더라도 저와는 비교도 되지 않을 것입니다.

각하께서는 이처럼 저를 극진하게 대접해주셨을 뿐만 아니라 술을 줄이라는 훈계까지 해 주신 적이 있습니다. 이것은 또한 제가 술을 잘 마시지 못해서 주량이 조금 지나치면 쉽게 술주정을 부리는 줄을 아셨기 때문입니다. 비록 십계(十戒)·오계(五戒)를 내리는 부처와 보살, 자식을 훈계하는 부모라 할지라도 어찌 각하보다 더 마음을 쓰겠습니까? 저는 각하의 훈계를 받들어 거행하고 잠시도 잊지 않아야 합니다. 또한 저의 술로 인한 실수가 조금이라도 각하의 귀에 들리지 않도록 해야 합니다. 하지만 저는 또다시 실수를 저지르고 말았습니다.

어제 팔관회에서 임금을 모시고 잔치를 열 때였습니다. 임금께서는 제가 술을 잘 마시는 줄 착각하시고 별도로 한 잔 가득 따르셨습니다. 그리고는 은근하게 혹은 근엄하게 계속해서 저에게 술을 권하셨습니다. 제가 처음에는 우물쭈물 뒷걸음치며 물러나다가 혹 술을 마시지 않는 것이 결례인 듯하여 임금의 기색을 살펴보니 두렵지 않을 수 없었습니다. 그래서 억지로 잔을 비우다가 술이 곤드레만드레 취하게 된 것이지 저의 본심은 아니었습니다. 그러나 이것도 제가 능력도 안 되면서 구차하게 임금의 마음을 얻으려 처지를 살피지 못해서 발생한 것이니, 누구를 탓하겠습니까?

이로 말미암아 자리를 정리하는 예를 차릴 때, 으레 가야 할 제자리를 찾아가지 못하였습니다. 그래서 유사(有司)들은 저의 몸가짐에 대해 떠들썩하게 논의하였고, 이것은 다시 임금께 보고가 되었으며, 그 의논이 다시 각하께 이르게 된 것입니다. 비록 만 번의 죽음을 내리더라도 또한 달게 받아야 할 것입니다. 하지만 각하께서 사건 이후 내내 저의 허물을 덮어주어 모든 잘못을 용서받게 해 주셨으니, 천지처럼 큰 은혜는 평생토록 다 갚지 못할 것입니다.

또한 제가 범한 죄가 여러 가지입니다. 첫째, 시신(侍臣)의 예를 잃었습니다. 둘째, 저를 잘 대우해주시는 각하를 욕되게 하였습니다. 셋째, 각하의 훈계를 소홀하게 여겼습니다. 저의 막중한 잘못은 강물로도 씻을 수 없으니, 비록 요행히 너그럽게 용서받은들 무슨 면목으로 다시 조정에 서서 시신의 반열에 낄 수 있겠습니까?

엎드려 바라건대, 각하께서 바로 이때에 저의 관직을 해임하여 고향으로 물러가 조용히 살 수 있도록 해 주신다면 참으로 큰 행복이겠습니다. 만약 그렇지 않고 큰 도량으로 용서하여 다시 조정의 반열에 서게 하시려면, 삼자(三字)의 직책[1]에서 해임시켜 법을 피하게 해 주십시오. 다만 임금을 가까이에서 모실 수 있는 아무 벼슬이라도 주신다면, 이 또한 매우 큰 은덕이겠습니다. 지금까지 올린 말씀은 꾸며낸 것이 아니라 참으로 저의 진심에서 나온 것입니다. 엎드려 생각건대, 잘 헤아려서 처리해주십시오.

이 작품은 이규보가 58세가 되던 1월에 당시 집권자인 최우(崔瑀)에게 올린 편지다. 이때의 이규보는 큰 부침(浮沈) 없이 고위 관료로 승승장구하던 시기였다. 이규보가 맡고 있던 국자감 좨주는 국가의 의례나 연회에서 주도적 역할을 하던 관직이고, 시강학사나 지제고 역시 임금이 하달하던 문서를 작성하는 고위직 중 하나였다. 그런데 이규보는 팔관회가 끝나고 연회를 베푸는 자리에서 임금의 술잔을 주는 대로 받아 마시다가 실수를 저지르고 말았다. 임금과 함께한 자리에서 술에 취해 자기 자리도 제대로 찾아가지 못하였으니, 뭇 신하들이 그의 무례함을 공격하는 것도 무리가 아니었다. 급기야 이 사건은 최우에게 재결권이 넘어가게 되었다. 최우와 이규보의 관계를 생각하였을 때, 이 사건은 크게 부각되지 않고 어느 정도 선에서 일단락되었던 것 같다.

이 글은 당대의 문필가답게 이규보가 매우 젠체하고 격식을 차려 지은 작품이지만, 그 내용은 다소 엉뚱하다. 58세의 고위 관료가 술주정을 부린 뒤, 실권자에게 잘 처분해달라고 올린 편지라니. 이런 이유로 이 작품은 후대에 높이 평가되거나 인구에 회자되지는 못하였다. 그렇지만 이를 통해 만년에 이르도록 술에 대한 애정이 식을 줄 모르는 애주가(愛酒家) 이규보의 모습을 살펴볼 수가 있다. 또한 늘그막에도 반성문을 올린다는 점에서 그의 인간적인 면모를 엿볼 수 있는 작품이다.

[1] 삼자(三字)의 직책: 임금이 하달하는 조서(詔書)나 교서(敎書)를 작성하는 지제고(知制誥)를 말한다. 이규보가 이 편지를 올릴 당시 지제고를 맡고 있었는데, 이 직책을 사퇴함으로써 술 실수에 대한 책임을 지겠다는 뜻을 피력한 것이다.

봄 술이나 한잔하세 與全履之手書

아무개는 아룁니다. 전날 새벽에 일어나 우연히 상자 속에 갈무리해 두었던 내 시고(詩藁)를 보게 되었습니다. 시권 속에는 옛날 함께 노닐던 친구들의 이름이 쓰여 있었는데, 반은 이미 귀신이 되었습니다. 나머지는 각각 천 리에 흩어져 소식조차 들을 수 없는 사람이 많았으니, 이것을 생각하다가 나도 모르게 목이 메고 놀라 소리쳤습니다. 중간에 함순(咸淳), 오세재(吳世才) 등 네댓 명을 만나 망년지교(忘年之交)를 맺었는데, 그들도 모두 별세하였습니다. 이들은 선배이기 때문에 이치상 당연한 것이겠지만 젊은 사람일지라도 또한 믿을 수 없으니, 약하고 약한 사람의 목숨이 어찌 하나같이 이와 같단 말입니까?

아! 족하와 나만은 다행히도 별 탈이 없고, 날마다 함께 노닐면서 반목하거나 틈이 있은 적이 없습니다. 그러나 인생의 모임과 흩어짐이란 일정함이 없기에 오늘 모였다가도 내일 또 각각 어디로 갈지 알지 못합니다. 그렇지 않은 동안 노력하여 재미난 일을 도모할 뿐이니, 이밖에 내가 무엇에 관심을 갖겠습니까?

지난번에 이군(李君)의 집에서 매우 즐겁게 술을 마시고는 부축을 받아 돌아왔는데, 취중에 무슨 말을 하였는지도 모르겠습니다. 족하께서는 혹 알고 계신지요? 반쯤 취하였을 때에 소금(素琴)을 찾아 연주하였던 것만 기억날 뿐입니다. 안 화사(安和寺)의 환벽정(環碧亭) 맑은 누각에서 두 차례 술을 마시면서는 제가 어떤 술주정을 부렸습니까?

최근에 우리 집에서 술을 빚었는데, 자못 술 익는 냄새가 솔솔 풍겨 먹을 만하니, 차마 그대들과 함께 마시지 않겠습니까? 하물며 지금 살구꽃이 살짝 폈고 봄기운이 확 풀려 사람의 마음을 도취시키고 다감하게 만드니, 이와 같은 좋은 계절에 마시지 않고 무얼 하겠습니까? 이군, 박환고(朴還古) 등과 함께 와서 마시기를 바랍니다. 그렇지 않으면 우리 집 술이 며칠 내에 다 말라버릴 것이니, 뒤늦게 방문한다면 차만 마시게 될 것입니다. 황공하오며 머리를 조아립니다.

이 작품은 이규보가 그의 절친한 벗 전탄부(全坦夫)에게 보낸 편지다. 전탄부는 돈독하고 신의가 있으며, 명민하여 글도 잘한다고 이규보가 평한 바 있다. 전탄부 역시 이규보를 이백과 두보에 견주었고, 소동파를 본받는 풍조와는 달리 신의(新意)를 창출하여 당대 문단의 독보적인 존재라 추어올릴 정도로 둘은 친분이 두터웠다. 또한 그들은 젊은 시절 함께 시문을 지으며 허심탄회하게 서로의 마음을 터놓던 지기(知己)이기도 하였다.

이규보는 지난날 창작하였던 시문을 정리하다가 거기에 적힌 지기들의 이름을 보게 된다. 이미 귀신의 명부에 이름을 올린 지기들, 천 리 멀리 흩어져 있는 지기들. '약하고 약한 사람의 목숨'은 지금 함께 하고 있는 지기와의 미래 역시 장담할 수 없게 한다. 이 작품은 첫머리부터 강렬한 비애감으로 시작된다. 하지만 이규보가 끝내 이 슬픔을 안은 채 실망하고 포기하며 나락으로 떨어지는 것은 아니다. 비애감에서 벗어나기 위해 '그렇지 않는 동안 노력하여 재미난 일을 도모할 뿐'이라 하며 분위기를 전환한다.

일반적으로 비애감이나 상실감을 잊기 위해 가장 빈번하게 찾는 것이 술이다. 이규보는 인생의 비애감을 서술하다가 이군의 집에서 전탄부와 함께 술을 마신 일화를 삽입하였다. 그러나 이 일화는 절망의 심화로 이어지는 것이 아니라 소금을 연주할 정도로 흥겨운 술자리였음을 유추하게 함으로써 분위기를 전환하고 있다. 또한 과음 후 전탄부에게 끊어진 기억을 묻는 것에서는 한층 더 정겨움을 느낄 수 있으며, 비애감도 어느 정도 사라진 듯하다. 이처럼 그는 현재의 상실감에

골몰하지 않았다.

외려 이규보는 자신의 집에 최근에 빚은 술이 있다는 말을 슬쩍 건네며, 솔솔 풍기는 술 익는 냄새, 살짝 핀 살구꽃, 사람의 마음을 다감하게 만드는 화창한 봄날을 언급하여 다시 술 분위기를 조성한다. 그리고 평소 절친하게 지내던 이군과 박환고도 술자리에 초대하고, 뒤늦게 오면 차만 마시게 될 것이라 농담까지 건넨다. 특히 '뒤늦게 오면 차만 마시게 될 것'이라는 표현은 지기들과의 관계가 얼마나 친밀하고 허물없는 지를 여실하게 보여주는 부분이다. 이 작품은 상실감을 유머 속에 녹이고 비애를 낭만으로 승화시킴으로써 지기들 간의 다정다감함을 정취 있게 그려내고 있다.

시와 시인의 관계 書韓愈論雲龍雜說後

당나라의 문학가 한유(韓愈)는 「잡설(雜說)」에서 다음과 같이 말하였다.

"용이 기운을 뿜어 구름을 만들었기 때문에 구름 역시 신령스럽고 기괴한 사물이니, 구름을 신령스럽게 만든 것은 용이다. 그러나 용이 구름을 타지 않으면 그는 신령스럽게 되지 않는다. 이상하구나! 자신이 의지하는 바를 스스로 만들었구나."

한유의 설이 이와 같으므로, 이에 대해 나는 다음과 같이 생각한다.

비단 용만 그런 것이 아니라 사람 또한 그러하다. 그런데 한유는 용만을 언급하고 사람에 대해 언급하지 않은 것은 어째서인가? 한유의 의도를 자세하게 음미해보건대, 용과 관련된 사항을 가지고 사람의 일을 비유한 것이다. 사람과 관련된 일을 비유로 삼으면서도 사람과 관련된 사항을 직접 언급하지 않은 것은, 의도를 곧장 드러내지 않고 함축미를 두고자

해서이다.

대저 찬란한 문장과 성대한 사기(詞氣)는 모두 사람이 스스로 토해낸 것이다. 현란한 금수(錦繡)와 나곡(羅縠) 같고, 삐죽삐죽한 봉우리와 깎아지른 절벽 같으며, 폈다 거두었다 붉었다 푸르렀다 하는 것은 모두 구름이 어지러이 순식간에 천변만화하는 모습과 비슷하니, 영괴(靈怪)하다고 할 만하다. 그 영이(靈異)함은 사람이 스스로 만들어낸 것이지 문장이나 재예가 사람을 영이하게 만들 수 있는 것이 아니다.

그러나 사람이 문장이나 재예에 의지하지 않으면 또한 영이함을 신묘하게 할 수 없다. 게다가 괴룡(乖龍)은 구름을 일으킬 수 없고 오직 신룡(神龍)이라야 구름을 일으킬 수 있으니, 구름이 용을 영이하게 만들지 못한다는 것은 확실한 셈이다. 그러나 구름이 용을 타지 않으면 영이함을 신묘하게 할 수 없다. 일반인은 문장과 사기(詞氣)를 토해낼 수 없고 오직 기인(奇人)이라야 그것을 토해낼 수 있으니, 문장이 사람을 영이하게 할 수 없다는 것 또한 분명하다. 그러나 사람이 문장을 의지하지 않으면 역시 영이함을 신묘하게 할 수 없으니, 신룡(神龍)과 시인의 변화불측함은 동일한 것이다. 이로써 한유의 은미한 뜻을 발설해 본다.

한유는 「잡설」에서 용이 구름을 신령스럽게 만들지만, 구름에 의해 용이 더욱 신령스럽게 됨을 말하였다. 여기서 용은 훌륭한 임금을, 구름은 어진 신하를 빗댄 것으로, 훌륭한 임금이 좋은 정치를 펴려면 어진 신하를 제대로 등용해야 함을 피력한 것이다. 곧 비유를 통해 한유 자신처럼 재주 있는 사람을 등용해야 함을 에둘러 말하고 있다.

그런데 흥미로운 점은, 이규보가 '용과 구름'과의 관계를 '시인과 문장·재예'의 관계로 재해석하고 있다는 점이다. 이규보가 작가[시인]로 자부하고 있음은 주지의 사실이거니와 다른 작가의 글을 해석하면서도 이 점이 두드러지게 나타난다. 이것은 이규보가 한유의 「가난을 전송는 글[送窮文]」을 「물러가라, 시 귀신아[驅詩魔文]」라는 작품으로 패러디한 것과 일맥상통한다. 곧 이규보의 관심이 문학에 얼마만큼 쏠려 있는지를 단적으로 보여주는 작품이라 할 수 있다.

물러가라, 시 귀신아 驅詩魔文

대저 흙이 높이 쌓여 만들어진 언덕, 물이 깊이 고여 만들어진 우물, 나무·바위·집·담장은 세상에서 무정한 사물이다. 그러나 간혹 귀신이 붙어서 괴이하고 요사스러운 현상이 나타나면 모든 사람들이 미워하고 꺼리고 저주하고 몰아낸다. 심한 경우 언덕을 깎아버리고 우물을 메우며, 나무를 베고 바위를 쪼개며, 집을 부수고 담장을 허물고야 만다. 사람도 이와 같다. 처음에는 질박하고 꾸밈이 없어 순박하고 정직하다가 시(詩) 창작에 빠지게 되면, 말을 요사스럽고 괴이하게 하여 사람과 사물을 현혹시키니 놀라운 일이다. 이것은 다른 이유 때문이 아니요, 다만 귀신이 붙었기 때문이다. 내가 이 때문에 감히 그 죄를 들추어내어 쫓아내려고 한다.

"사람이 처음 태어날 때에는 태고의 질박함을 간직하고 있다. 그래서 피기 전의 꽃봉오리처럼 꾸밈도 화려함도 없고, 뚫리지 않은 구멍처럼 총명함이 가려져 있다. 어떤 문지기가 빗장을 열었기에 귀신 네 놈이 엿보고 있다가 슬그머니 붙었느냐? 세상 사람을 현혹시켜 머리를 풀어 헤치거나 여위게 하며, 기괴한 요술을 부려 엉금엉금 기거나 날뛰게 하며, 예쁘게 치장하고 아양을 떨어 뼈마디를 녹게 하고, 뒤흔들고 고함을 쳐 회오리바람이 불고 거센 풍랑이 치는 듯하게 한다. 세상은 너를 씩씩하다 여기지 않는데 어찌 이리저리 날뛰며, 사람들은 너를 공(功)이 있다 여기지 않는데 어찌 이리 가혹하게 구느냐? 이것이 너의 첫 번째 죄다.

땅은 항상 고요하고 하늘은 이름을 붙이기 어려우며, 알 듯 모를 듯한 것은 조화요, 흐릿하여 잘 드러나지 않는 것은 신명(神明)이다. 어둡고 아득하며 캄캄하고 어둑어둑하며, 오묘한 이치가 깊이 감추어져 있어 자물쇠와 빗장을 채워 두었다. 그런데 너는 이것을 생각하지 않고 심오하고 신령한 것을 정탐하고 기미를 발설하면서도 당돌하게 멈추지 않는다. 달의 겨드랑이를 들추어 달이 아파하고 천심(天心)을 헤집어 하늘이 놀란다.[1] 이 때문에 신이 근심하고 하늘이 불평하니, 너로 인해 사람의 생활이 각박해진다. 이것이 너의 두 번째 죄다.

구름 사이의 아름다운 노을, 달빛 받은 맑은 이슬, 벌레와 물고기의 기이함, 새와 짐승의 괴상함, 돋아나는 새싹과 피어나는 꽃봉오리, 초목과 온갖 꽃들이 천태만상으로 하늘과 땅을 아름답게 장식하고 있다. 그런데 너는 하나도 남기지 않고 거리낌 없이 취하여 보는 대로 읊게 한다. 잡다하게 끌어

모아 그침이 없으니 네가 겸손하지 못함을 하늘과 땅도 꺼려 한다. 이것이 너의 세 번째 죄다.

적을 만나면 즉시 공격할 것이지 어찌하여 대포를 준비하고 무슨 보루를 설치하느냐? 좋아하는 사람은 곤룡포 없이도 임금으로 꾸며주고, 미워하는 사람은 칼날이 아닌데도 찔러 죽인다. 너는 무슨 무기를 가졌기에 마음대로 전쟁을 일으키고, 너는 무슨 권세를 잡았기에 함부로 상을 주고 벌을 주느냐? 너는 고위 관료가 아닌데도 나랏일을 논의하고, 너는 광대가 아닌데도 만물을 조롱한다. 의기양양하게 떠벌리고 거만하게 잘난 체하니, 누가 너를 시기하지 않으며, 누가 너를 미워하지 않겠느냐? 이것의 너의 네 번째 죄다.

네가 사람에게 달라붙으면 병이 든 것 같아서 몸은 더러워지고 머리카락은 헝클어지며, 수염은 빠지고 형체는 야윈다. 사람의 목소리를 괴롭게 하고 사람의 이마를 찡그리게 하며, 사람의 정신을 흐리멍덩하게 하고 사람의 가슴속을 후벼 파게 한다. 그러므로 너는 근심을 전달하는 자요, 평화를 해치는 적이다. 이것이 너의 다섯 번째 죄다.

이상의 다섯 가지 죄를 지니고 있으면서도 어찌하여 사람에게 붙느냐? 위(魏)나라의 시인 조식(曹植)에게 붙어서는, 한껏 형을 업신여기다가 콩이 솥 안에서 울더니 과연 키[箕]에서 곤란을 겪게 만들었다.[2] 이백(李白)에게 붙어서는 그의 광기(狂氣)를 부추겨 달을 잡으려다 아득한 강물 속에 빠져 죽게 만들었다. 두보(杜甫)에게 붙어서는 모든 일에 낭패를 보게 하여 쓸쓸히 떠돌이 생활을 하다가 뇌양(耒陽)에서 객사하게 만들었다. 이하(李賀)에게 붙어서는 해괴하고 괴이한 말을 읊조리게 하여 재주가 있음에도 세상에 등용되지 못한 채 요절하게 만들었다. 유몽득(劉夢得)에게 붙어서는 권세 있는 사람을 헐뜯게 하여 출세의 길이 막힌 채 좌천되어 끝내 재기하지 못하게 만들었다. 유종원(柳宗元)에게 붙어서는 재앙의 조짐을 선동하게 하여 유주(柳州)로 귀양 가서 돌아오지 못하게 만들었다. 누가 이 슬픈 상황을 연출하였는가? 아, 너 귀신아! 너는 어떻게 생겨먹은 놈이며, 예로부터 인생을 망치게 한 사람이 몇이더냐?

또한 너는 내게도 붙었구나. 네가 온 뒤로 모든 일이 기구해졌다. 멍하니 잊은 듯하고 어리석은 바보 같으며, 벙어리 같고 귀머거리 같아 몸은 열이 나고 발걸음은 위축되었다. 배고픔과 목마름이 내 몸을 핍박하는데도 이를 알지 못하고, 추위와 더위가 살갗을 침범하는데도 이를 모른다. 게으른 계집종이 있어도 꾸짖을 줄 모르고, 밉살스러운 사내종이 있어도 타이를 줄 모른다. 정원에 풀이 더부룩한데도 깎지 않고, 집이 무너져가도 바로잡지 않는다. 배고프게 하는 귀신도 네가 불러서 온 것이다. 부귀한 사람에게 오만하게 굴고 능멸하는 것, 방종하고 게으른 것, 언성이 높아 공손하지 못한 것, 안색이 뻣뻣하여 부드럽지 못한 것, 여색을 보면 쉽게 유혹

당하는 것, 술을 마시면 더욱 거칠어지는 것은 모두 네가 그렇게 만든 것이지 어찌 나의 본심이겠느냐? 너의 괴이한 행동에 으르렁거리며 짖는 개들이 참으로 많다. 내가 이 때문에 너를 미워하여 저주하고 쫓아내려고 한다. 네가 빨리 달아나지 않으면 너를 찾아내어 목을 베리라."

이날 저녁 피곤해서 누워 있는데, 베갯머리 주변이 시끄럽더니 갑자기 사각사각하는 소리가 들렸다. 빛깔과 무늬가 화려한 옷을 입은 자가 다가와서 나에게 말하였다.

"자네가 나를 탓하고 꾸짖는 것이 심한 것 같구면. 어찌하여 이다지도 나를 미워하는가? 내 비록 하잘것없는 귀신이지만 상제(上帝)도 대접해주는 몸이네. 처음에 그대가 세상에 태어날 때 상제가 나를 보내 그대를 따르게 하였고, 그대가 아장아장 걸어다닐 때에도 집에 숨어서 떠나지 않았으며, 그대가 어린아이 때도 몰래 몰래 엿보았고, 그대가 커서 성년이 되었을 때는 뒤를 졸졸 따라다녔네. 그대의 기운을 웅장하게 해 주고 그대의 문장을 화려하게 해 주었네. 그래서 과거장에서 재주를 겨룰 때는 해마다 합격하게 하여 세상을 깜짝 놀라게 하고 명성을 사방에 떨치게 하였으며, 고귀한 사람들이 그대의 풍모를 우러러 보게 하였네. 이것은 내가 그대를 적지 않게 도운 것이며, 하늘이 그대를 헤아릴 수 없이 후하게 대우한 것이네. 그대가 평소 말하는 것, 몸가짐, 여색을 좋아하는 것, 술을 즐기는 것은 각각 그렇게 만든 것이 따로 있는 것이지 내가 주관하는 것이 아니네. 그대는 어찌 삼가지 않고 광기를 부리며 어리석은 행동을 하는가? 이것은 그대의 허물이지 나의 잘못이 아니네."

거사는 그제야 지금이 옳고 조금 전의 생각이 틀렸다는 것을 알았다. 그래서 겸연쩍고 부끄러워 허리를 굽혀 절하고는 그를 맞아 스승으로 삼았다.

이 작품에서는 '시 귀신'이라는 제재를 사용하였는데, 처음부터 다양한 예시를 통해 시 귀신의 죄를 들추어내고 쫓아내려 한다. 그리고 자신처럼 순박하고 꾸밈없는 사람이 요사스럽고 괴상한 말을 내뱉으며 남들을 현혹하게 된 것은 모두 시 귀신이 붙었기 때문이라 언급한 뒤, 시 귀신의 5가지 죄를 들추어낸다. 그리고 조식·이백·두보·이하·유우석(劉禹錫)·유종원과 같이 중국 문학사에서 한시로 유명한 작가들의 인생 굴곡을 시 귀신과 절묘하게 조화시켜 놓았다.

중국 시인들을 열거한 뒤에는 자신의 일화를 서술하고 있는데, 크게 두 가지로 구분할 수 있을 듯하다.

첫째, 시를 창작할 때 겪는 고뇌와 괴로움을 형상화하였다. 먹고 자는 것, 추위와 더위, 집안의 대소사 등을 팽개친 채 창작에만 몰두하는 시인의 모습을 생동감 있고 핍진하게 묘사하고 있다. 이는 일반적인 시인의 모습이기도 하지만 이규보 자신의 모습을 직접적으로 투영한 것이다.

둘째, 이러한 창작의 괴로움을 거치고 나서 일정한 성취에 이른 다음의 모습을 형상화하였다. 어릴 때부터 이규보는 문재(文才)가 뛰어났고, 매사에 기고만장하고 오만불손하였는데, 이러한 자신의 모습을 시 귀신의 탓으로 돌리고 있다. 하지만 이는 자신의 행동에 대한 반성을 표출한 것이라기보다 오히려 자신의 문재에 대한 자부심을 투사한 것이다. 이규보는 시 귀신이 붙은 사람들을 언급하면서 앞 부분에서는 중국의 역대 문인들의 예를 들고, 뒤 부분에서는 자신의 일화를 예로 들었다. 이것은 자신의 시적투사능이 중국의 유명 시인들과 같은 반열에 있다는 자부를 드러낸 것에 다름아니다.

[1] 달의……놀란다: 당나라의 황보식(皇甫湜)이 고황(顧況)의 문집 서문에서 그의 시를 칭송하면서 한 말이다. 달의 겨드랑이[月脅] 는 심오한 의경(意境)을 말하고, 천심(天心)은 하늘의 이치다. 여기서는 시인이 고민하며 짜낸 시어가 천기를 누설하는 지경에 이르러 하늘이 싫어함을 가리킨다.

[2] 위(魏)나라의……만들었다: 조식은 삼국 시대 조조(曹操)의 셋째 아들로, 글재주가 뛰어나 아버지에게 총애를 받았다. 형인 문제(文帝)가 이를 시기하여 일곱 걸음을 걷는 사이에 시 한 편을 짓지 못하면 죽이겠다고 하였다. 그러자 조식은 "콩을 삶아 국

을 만들고, 콩을 갈아 즙을 낸다네. 콩대는 솥 밑에서 타고, 콩은 솥 속에서 우는구나. 본래 같은 뿌리에서 태어났는데, 어찌 이리 심하게 구박하는가?[煮豆持作羹, 漉菽以爲汁. 其在釜下燃, 豆在釜中泣. 本自同根生, 相煎何太急.]"라는 시를 지어 죽음을 겨우 면하였다고 한다.

시를 지을 때 버려야 할 아홉 가지 論詩中微旨略言

　대저 시는 시상[意]을 근본으로 삼는데, 구상이 제일 어렵고 말을 엮는 것은 그 다음으로 어렵다. 시상은 기(氣)의 높고 낮음에 따라 깊거나 얕게 된다. 그러나 기는 하늘에 달린 것이지 배워서 터득할 수 있는 것이 아니다. 그러므로 기가 낮은 사람은 글을 수식하는 것을 훌륭한 글이라고 여기고, 시상을 우선시하지 않는다. 대개 문장을 아로새기고 구절을 꾸미면 진실로 아름답기는 하지만, 그 속에 함축적이고 심오한 의미가 없기 때문에 처음에는 완미할 만하지만 두어 번 곱씹으면 여운이 없다.

　일반적으로 운자(韻字)를 먼저 달아보다가 시의 구상에 맞지 않으면 고치면 그만이다. 그러나 남의 시에 화답할 경우에는, 만약 어려운 운이 있으면 먼저 운을 안배할 것을 생각한 뒤에 구상해야 한다. 이 경우에는 차라리 구상을 나중에 하더라도 운자는 마음대로 안배할 수 없기 때문이다. 시구 중에 짝을 맞추기 어려운 것이 있어 오래도록 읊조려 보아도 쉽사리 대구(對句)가 떠오르지 않으면 처음 만들어 놓은 시구를 아까워하지 말고 버리는 것이 마땅하다. 그 이유는 무엇인가? 짝을 맞출 시간에 다른 시 한 편을 지을 수도 있기 때문이다. 어찌 시 한 구절을 완성하다가 한 편의 시를 더디 지어서야 되겠는가? 시간이 다 된 뒤에 급하게 시를 짓게 되면 군색하기 마련이다.

시를 구상할 때에 깊이 생각하다 헤어나지 못하면 빠지게 되고, 빠지면 고착되고, 고착되면 미혹되고, 미혹되면 집착이 생겨 통하지 않게 된다. 오직 자유롭게 출입·왕래하고, 앞뒤를 살피며 변화무쌍해야 막히는 것이 없어 원숙하게 된다. 간혹 뒤 구절이 앞 구절을 보완해주기도 하며, 한 글자가 한 구절을 살릴 수도 있으니, 이는 반드시 고려해야 할 사항이다.

순전히 청고(淸苦)한 맛이 나는 것은 도사나 은자의 시요, 오로지 화려하게 꾸민 맛이 나는 것은 아녀자의 시다. 오직 청경(淸警)하고 호방하고 곱고 평담한 것을 능숙하게 조화시켜야 좋은 시가 되어 남들이 특정한 맛이 나는 시라 명명하지 못하게 된다.

시에는 아홉 가지 좋지 않은 체(體)가 있는데, 이것은 내가 깊이 생각해서 스스로 터득한 것이다. 그 아홉 가지는 다음과 같다.

시 한 편에 옛사람의 이름을 많이 사용하는 것은 '수레에 귀신을 가득 태운 체'다. 옛 시인의 구상을 훔치는 것은 잘 훔

치더라도 옳지 않거니와 제대로 훔치지도 못하는 것은 '어설픈 도둑이 쉽게 체포되는 체'다. 어려운 운자를 달되 근거가 없는 것은 '강한 활을 감당하지 못해 쩔쩔매는 체'다. 자신의 재주를 헤아리지 못하고 함부로 운을 다는 것은 '술을 지나치게 많이 먹은 체'다. 어려운 글자를 자주 사용하여 남을 쉽게 미혹되게 하는 것은 '구덩이를 파서 맹인을 인도하는 체'다. 말이 순조롭지 못한데 억지로 인용하는 것은 '남을 윽박질러 자신에게 동조하게 만드는 체'다. 평범한 말을 많이 사용하는 것은 '촌사람들이 모여 이야기하는 체'다. 꺼리는 말들을 함부로 사용하는 것은 '존귀한 '존을 능멸하는 체'다. 시어가 거친데도 다듬지 않는 것은 '온 밭에 잡초가 무성한 체'다. 체'서 이상의 마땅하지 않은 체를 극복한 뒤라야 시에 대해 이야기할 자격이 있다.

자신의 시에 대해 병폐를 말해주는 사람이 있으면 기쁜 일이다. 그 말이 옳으면 받아들이면 되고, 그렇지 않으면 자신의 뜻대로 하면 그만이다. 마치 임금이 간언을 거부하여 끝내 자신의 과오를 알지 못하는 것처럼 듣기 싫어할 필요가 있겠는가?

시가 완성되면 반복해서 관찰하되, 자기가 지은 것으로 보지 말고 마치 다른 사람이나 평소 싫어하던 자가 지은 시처럼 보아야 한다. 그래서 잘못을 꼼꼼하게 찾아보아도 오히려 하자가 없는 뒤에야 그 시를 세상에 내놓아야 한다.

이상에서 논한 것은 시에만 해당되는 것이 아니라 문장도 마찬가지다. 더욱이 장편 고시는 시구를 아름답게 꾸미고 운자를 바꾸어야 아름답다. 이렇게 되면 구상이 여유롭고 시어가 자유로워 군색하지 않게 된다. 그러므로 시와 문장은 그 법이 동일하다 할 수 있을 것이다.

이 작품은 시를 창작할 때에 고려해야 되는 주제 설정, 운자의 사용, 풍격, 퇴고 등의 문제들을 거론하고 있다. 다양한 논의를 한 곳에서 개진하였기 때문에 일관성이 떨어지는 것이 단점이지만, 이를 통해 이규보의 문학론을 살펴볼 수 있다는 점에서 중요한 비중을 차지하고 있는 글이다. 이규보가 언급한 내용을 종합하면 크게 두 가지로 압축할 수 있다. 첫째는 새로운 경지를 창출해야 한다는 것이고, 둘째는 다채로움을 겸통(兼通)해야 한다는 것이다.

이규보는 '신의론(新意論)'을 통해 부단히 새로운 의경(意境)을 창출하고자 노력했던 작가다. 그가 퇴고나 수식보다 시의 구상을 중시하고, 구상을 펼치기 어려우면 운자를 고쳐도 된다고 하며, 함부로 인용하거나 도용해서는 안 된다고 한 것은 바로 새로운 경지를 창출하려는 의식의 소산 때문이다.

이규보는 다른 작품에서, "자신이 즐거우면 그만이지 하필 옛사람을 본받겠는가?"라고 하거나 "뜻에 맞는 것을 취할 뿐이지 하필 옛것이어야겠는가?"라고 언급한 바 있다. 이것은 옛것을 무시하거나 경시하는 것이 아니라 옛것에 얽매이지 않겠다는 것이며, 이를 통해 옛 것을 이용하되 아무도 발견하지 못했던 것을 창출하겠다는 작가의식을 드러낸 것이다.

또한 이규보는 하나의 시체(詩體)에 얽매이는 것이 아니라 여러 시체를 구비하여 남들이 명명하기 힘든 경지를 추구하고 있다. 이는 다양한 장르를 겸비하겠다는 의식의 소산으로, 하나에 얽매이지 않고 겸통(兼通)하는 경지야말로 진정한 시인의 완성으로 간주함을 의미한다.

이러한 의식은 시에만 국한되는 것이 아니라 산문에서도 드러나는데, 각종 산문 장르에서 자신의 문재를 다채롭게 전개하고 있는 것도 이의 연장선상이라 할 수 있다.

원문

제1부 일상 속의 깨달음

接菓記

事有初若妄誕幻怪, 而其終乃眞者, 其接菓之謂乎! 予先
君時, 有號長身田氏者善接菓, 先君使試之. 園有惡梨凡二
樹, 田氏皆鋸斷之, 求世所謂名梨者, 斫若干梢, 安於斷株,
以膏泥封之. 當其時見之, 似妄誕矣, 雖至茸抽葉茁, 亦似
幻怪矣. 及鬱然夏陰茂, 蕡然秋實成, 然後乃信其終眞者,
而妄誕幻怪之疑, 始去於心矣.

先君沒凡九稔, 覿樹食實, 未嘗不思嚴顔, 或攀樹嗚咽,
不忍捨去. 且古之人以召伯韓宣子之故, 有勿翦甘棠, 封植
嘉樹者. 況父之所嘗有而遺之於子者, 其恭止之心, 何翅勿
翦封植而已哉? 其實亦可跪而食矣. 抑慮先君以此及予者,
豈使予革非遷善, 當效茲樹耶! 聊志而警之耳.

異相者對

有相者不知何自而來, 不讀相書, 不襲相規, 以異術相之, 故謂異相者. 搢紳卿相, 男女幼長, 爭邀競往, 無不使相焉.

相富貴而肥澤者曰: "子之貌甚瘠矣, 族之賤莫子若也." 相貧賤而癯羸者曰: "子之貌肥矣, 族之貴若子者稀矣," 相盲者曰: "明者也." 相捷而善走者曰: "跛躄而不能步者也." 相婦人之色秀者曰: "或美或醜也." 相世所謂寬而且仁者曰: "傷萬人者也." 相時所謂酷之尤深者曰: "悅萬人之心者也." 其所相率皆類是. 非特不能言倚伏所自, 其察容止, 皆左視也.

衆譁傳以爲詭, 人欲執而鞫, 理其僞. 予獨止之曰: "夫言有先逆而後順者, 外近而內遠者. 彼亦有眼, 豈不知肥者瘠者瞎者, 而指肥爲瘠, 指瘠爲肥, 指瞎爲明者乎? 此必相之奇者也."

於是, 沐浴灌漱, 整襟合紐, 造相者之所寓. 遂屏左右曰: "子相某人某人, 其曰某某, 何也?" 對曰: "夫富貴則驕傲陵慢之心滋, 罪之盈也, 天必反之. 將有糠糲不給之期, 故曰瘠也, 將傴然爲匹夫之卑, 故曰子之族賤矣. 貧賤則降志貶己, 有憂懼修省之意. 否之極焉, 泰必復矣, 肉食之兆已至, 故肥也, 將有萬石十輪之貴, 故曰子之族貴矣.

窺妖姿美色而觸之, 覷珍奇玩好以欲之, 化人爲惑, 枉人爲曲者目也. 由此而至不測之辱, 則玆非不明者乎? 唯瞎者, 淡然泊然, 無欲無觸, 全身遠辱, 過於賢覺, 故曰明者也. 夫捷則尙勇, 勇則陵衆, 其終也或爲刺客, 或爲姦首. 及廷尉繫之, 獄卒守之, 桎在足, 木貫脰, 雖欲逸走, 得乎? 故曰跛躄而不能步者也.

夫色也, 淫侈忕異者視之, 則瓊瑤之秀也, 直方淳質者視之, 則泥土之醜也, 故曰或美或醜也. 夫所謂仁人者, 其死之時, 蠢蠢蚩蚩, 思慕涕洟, 怊乎若嬰兒之失母慈, 故曰傷萬人者也. 所謂酷者, 其死也, 塗歌巷和, 羊酒相賀, 有笑而口未闔者, 有抃而手欲破者, 故曰悅萬人者也."

予瞿然起曰: "果若吾辭, 此實相之奇者也. 其言可以爲銘爲規. 豈此夫沿色隨形, 說貴則曰龜文犀角, 說惡則曰蜂目豺聲, 滯曲循常, 自聖自靈者乎?" 退而書其對.

螽犬說

　　客有謂予曰: "昨晚見一不逞男子以大棒子椎遊犬而殺
者, 勢甚可哀, 不能無痛心. 自是誓不食犬·豕之肉矣." 予
應之曰: "昨見有人擁熾爐捫螽而烘者, 予不能無痛心. 自誓
不復捫螽矣." 客憮然曰: "螽微物也. 吾見厖然大物之死, 有
可哀者故言之. 子以此爲對, 豈欺我耶?" 予曰: "凡有血氣
者, 自黔首至于牛·馬·猪·羊·昆蟲·螻蟻, 其貪生惡死
之心, 未始不同. 豈大者獨惡死, 而小則不爾耶? 然則犬與
螽之死一也, 故擧以爲的對, 豈故相欺耶? 子不信之, 盍齕
爾之十指乎? 獨拇指痛, 而餘則否乎? 在一體之中, 無大小
支節, 均有血肉, 故其痛則同. 況各受氣息者, 安有彼之惡
死而此之樂乎? 子退焉, 冥心靜慮. 視蝸角如牛角, 齊斥鷃
爲大鵬, 然後吾方與之語道矣."

鏡說

　居士有鏡一枚, 塵埃侵蝕掩掩, 如月之翳雲. 然朝夕覽觀, 似若飾容貌者. 客見而問曰: "鏡所以鑑形, 不則君子對之, 以取其淸. 今吾子之鏡, 濛如霧如, 旣不可鑑其形, 又無所取其淸. 然吾子尙炤不已, 豈有理乎!" 居士曰: "鏡之明也, 姸者喜之, 醜者忌之. 然姸者少醜者多, 若一見, 必破碎後已, 不若爲塵所昏. 塵之昏, 寧蝕其外, 未喪其淸, 萬一遇姸者而後磨拭之, 亦未晩也. 噫! 古之對鏡, 所以取其淸; 吾之對鏡, 所以取其昏, 子何怪哉?" 客無以對.

答石問

有石礨然大者, 問於予曰: "予爲天所生, 居地之上. 安如覆盂, 固若植根, 不爲物轉, 不爲人移. 保其性完其眞, 信樂矣. 子亦受天所命, 得而爲人. 人固靈於物者也, 曷不自由其身, 自適其性, 常爲物所使, 常爲人所推? 物或有誘, 則溺焉而不出; 物或不來, 則慘然而不樂. 人肯則伸焉, 人排則屈焉. 失本眞無特操, 莫爾若也. 夫靈於物者, 亦若是乎?"

予笑而答之曰: "汝之爲物, 何自而成? 佛書亦云: '愚鈍癡頑, 精神化爲木石.' 然則汝旣喪其妙精元明, 落此頑然者也. 況復和氏之璞見剖也, 汝亦從而俱剗; 崑岡之玉將焚也, 汝亦與之同煎. 抑又予若駕龍而升天也, 汝必爲之礪石, 因得而踐焉. 吾將示死而入地也, 汝當爲之豐碑, 因刻而傷焉. 玆詎非爲物所轉? 且傷其性而反笑我爲? 予則內全實相而外空緣境, 爲物所使也, 無心於物; 爲人所推也, 無忤於人. 迫而後動, 招而後往, 行則行止則止, 無可無不可也. 子不見虛舟乎? 予類夫是者也, 子何詰哉?" 石慙而無對.

問造物

予問造物者曰: "夫天之生蒸人也, 旣生之, 隨而生五穀,
故人得而食焉, 隨而生桑麻, 故人得而衣焉, 則天若愛人而
欲其生之也, 何復隨之以含毒之物? 大若熊·虎·豺·貙,
小若蚊·蝱·蚤·蝨之類, 害人斯甚, 則天若憎人而欲其死
之也, 其憎愛之靡常, 何也?"

造物曰: "子之所問, 人與物之生, 皆定於冥兆, 發於自然,
天不自知, 造物亦不知也. 夫蒸人之生, 夫固自生而已, 天
不使之生也; 五穀桑麻之產, 夫固自產也, 天不使之產也.
況復分別利毒, 措置於其間哉? 唯有道者, 利之來也, 受焉
而勿苟喜; 毒之至也, 當焉而勿苟憚. 遇物如虛, 故物亦莫
之害也."

予又問曰: "元氣肇判, 上爲天下爲地, 人在其中, 曰三才.
三才一揆, 天上亦有斯毒乎?" 造物曰: "予旣言有道者, 物
莫之害也. 天旣不若有道者而有是也哉?" 予曰: "苟如是,
得道則其得至三天玉境乎?" 造物曰: "可." 予曰: "吾已判然
釋疑矣. 但不知子言天不自知也, 予亦不知也. 且天則無爲,
宜其不自知也. 汝造物者, 何得不知耶?" 曰: "予以手造其

物, 汝見之乎, 夫物自生自化耳, 予何造哉, 予何知哉? 名予
爲造物, 吾又不知也."

布袋和尚贊

腹大而膰，所蓄維何？交睫而坐，思耶想耶？囊盈而重，所貯何多？方將囊括十方蠢蠢蚩蚩，以所蓄所貯，施之度之，念方至此，閉目想思者乎!

面箴

有愧于心, 汝必先色. 賴若朱泚滴如水. 對人莫擡, 斜回
低避. 以心之爲, 迺移於爾. 凡百君子, 行義且口. 能肆于
中, 毋使汝愧.

長尺銘

爾名長尺幾許長? 蠖吾指而量則纔尺有咫. 名長實短得
無慊? 類爾主人隴西子.

원문

제2부 나의 삶

白雲居士語錄

李㬂欲晦名, 思有以代其名者曰. 古之人以號代名者多矣. 有就其所居而號之者, 有因其所蓄, 或以其所得之實而號之者. 若王績之東皋子, 杜子美之草堂先生, 賀知章之四明狂客, 白樂天之香山居士, 是則就其所居而號之也. 其或陶潛之五柳先生, 鄭熏之七松處士, 歐陽子之六一居士, 皆因其所蓄也. 張志和之玄眞子, 元結之漫浪㬂, 則所得之實也.

李㬂異於是. 萍蓬四方, 居無所定, 寥乎無一物可蓄, 缺然無所得之實. 三者皆不及古人, 其於自號也, 何如而可乎? 或目以爲草堂先生, 予以子美之故, 讓而不受. 況予之草堂, 暫寓也, 非居也. 隨所寓而號之, 其號不亦多乎? 平生唯酷好琴酒詩三物, 故始自號三酷好先生. 然鼓琴未精, 作詩未工, 飲酒未多而享此號, 則世之聞者, 其不爲噱然大笑耶! 翻然改曰白雲居士.

或曰: "子將入靑山臥白雲耶? 何自號如是?" 曰: "非也. 白雲, 吾所慕也. 慕而學之, 則雖不得其實, 亦庶幾矣. 夫雲之爲物也, 溶溶焉洩洩焉, 不滯於山, 不繫於天, 飄飄乎東西, 形迹無所拘也. 變化於頃刻, 端倪莫可涯也. 油然而舒, 君子之出也, 斂然而卷, 高人之隱也. 作雨而蘇旱, 仁也, 來無所著, 去無所戀, 通也. 色之靑黃赤黑, 非雲之正也, 惟白無華, 雲之常也. 德旣如彼, 色又如此, 若慕而學之, 出則澤物, 入則虛心, 守其白處其常, 希希夷夷, 入於無何有之鄉, 不知雲爲我耶, 我爲雲耶. 若是則其不幾於古人所得之實耶?"或曰:"居士之稱何哉?"曰:"或居山或居家, 惟能樂道者而後號之也. 予則居家而樂道者也."或曰:"審如是, 子之言達也, 宜可錄."故書之.

白雲居士傳

　　白雲居士, 先生自號也, 晦其名顯其號. 其所以自號之意,
具載先生「白雲語錄」. 家屢空, 火食不續, 居士自怡怡如也.
性放曠無檢, 六合爲隘, 天地爲窄. 嘗以酒自昏, 人有邀之
者, 欣然輒造, 徑醉而返, 豈古陶淵明之徒歟! 彈琴飮酒, 以
此自遣, 此其錄也. 居士醉而吟, 自作傳, 自作贊. 贊曰:
　　志固在六合之外, 天地所不圍, 將與氣母遊於無何有乎?

雷說

天鼓震時, 人心同畏, 故曰雷同. 予之聞雷, 始焉喪膽, 及反覆省非, 未覓所嫌, 然後稍肆體矣.

但一事有略嫌者, 予嘗讀左傳, 見華父目逆事, 未嘗不非之. 故於行路中, 遇美色則意不欲相目, 逎低頭背面而走. 然其所以低頭背面, 是逎不能無心者, 此獨自疑者耳.

又有一事未免人情者, 人有譽己則不得不喜, 有毀之則不能無變色. 此雖非雷時所懼, 亦不可不戒也. 古人有暗室不欺者, 予何足以及之?

代仙人寄予書

月日, 紫微宮使某甲·丹元眞人某乙等, 謹遣金童, 奉書于東國李春卿座右. 人間喧雜, 甚苦甚苦. 伏惟道用何似? 傾佇罔極.

吾二人, 居帝之左右, 出納天命者也. 昔者, 吾子亦爲上帝之文臣, 掌帝之制勅. 凡春而布和氣, 煦育草木, 冬而振寒令, 肅殺萬布和氣其或雷霆也風雨也霜雪也雲霧也, 是皆帝之所以號令於天下者. 制勅一出子手, 無不稱之. 帝用德勅. 圖有以報爾之勞者, 俯詢於臣等.

臣等議曰: "暫虛天上之文官, 遣作人間之學士, 西掖北門, 快草紅泥之誥, 紫微黃閣, 穩調金鼎之羹, 澤潤生民, 名振環宇, 然後勅還天上, 更綴仙班. 如是儻可以償其勞矣." 帝卽肯允. 於是輔子以沖和之氣, 益爾以峻爽之資, 凡載錄[祿], 車百兩馬萬蹄, 踵隨于後, 遣生於東海扶桑隅日始出之邦矣. 子去幾年, 尙未聞調一官除一名, 著一奇跡, 撰一大冊, 以聞于帝耳者, 吾等甚訝之, 方欲使使詰其所然, 適有自人間來者, 問之則曰:

"所謂春卿者困躓窮塗, 阻霑一命. 謫仙杯酒, 頗事狂顚,元結溪山, 空稱漫浪. 腰未垂尺五之組, 頭未峙三梁之冠, 失水之龍耶! 喪家之狗耶! 特纍纍貿貿一布褐之窮士耳. 公卿搢紳, 非不知名也, 豈以其迂闊不切事, 而不容揀採歟!"

言未終, 吾等愕然彈指, 尋讞爾國之嫉賢忌能者之罪, 緘奏于上帝, 帝已頷可. 將大錮其人, 而信爾之屈也, 則子之翼將奮矣, 子之步將高矣. 玉堂有路, 何深不入? 鳳閣非天, 何高不陟?

紅塵下界, 方酣一餉之榮, 碧落故人, 空望九還之就. 瑤瑟兮生塵, 將待子而弄, 玉室兮無人, 將待子而開. 紫皇所賜丹露之漿, 金霞之液, 獨吾等日厭飮耳, 久矣不得與吾子共酌也. 宜速償於素志, 復超躒於玄都. 噫! 功名不可不遂, 富貴不可久貪, 吾等所以勖子者此耳. 勉旃! 頓首再拜謹白.

七賢說

先輩有以文名世者某某等七人, 自以爲一時豪俊, 遂相與爲七賢, 蓋慕晉之七賢也. 每相會, 飮酒賦詩, 旁若無人, 世多譏之, 然後稍沮. 時予年方十九, 吳德全許爲忘年友, 每携詣其會. 其後德全遊東都, 予復詣其會. 李淸卿目予曰: "子之德全, 東遊不返, 予子可補耶?" 予立應曰: "七賢豈朝廷官爵, 而補其闕耶? 未聞嵇・阮之後有承之者." 闔座皆大笑. 又使之賦詩, 占春人二字, 予立成口號曰: "榮參竹下會, 快倒甕中春. 未識七賢內, 誰爲鑽核人." 一座頗有慍色, 卽傲然大醉而出. 予少狂如此, 世人皆目以爲狂客也.

慵諷

　　居士有慵病, 語於客曰: "世倏忽而猶慵寓, 身微眇而猶慵持. 有宅一區, 草穢而慵莫理, 有書千卷, 蠹生而慵莫披, 頭蓬慵掃, 體疥慵醫. 慵與人嬉笑, 慵與人趨馳. 口慵語, 足慵步, 目慵顧. 踏地觸事, 無一不慵. 若此之病, 胡術而攻?"

　　客無以對, 退而圖所以解其慵者, 歷旬日而復詣曰: "間闊不面, 不勝眷戀, 願承英盼." 居士復以慵之病, 不喜相見. 固請而見之, 曰: "僕久不聞居士之軟笑微言. 今者暮春之辰, 鳥鳴于園, 風日駘蕩, 雜花綺繁. 僕有美酒, 玉蛆浮動, 其香也滿室, 其氣也撲甕, 獨酌不仁, 非君誰共? 家有侍兒, 善爲鄭聲, 旣工吹笙, 又擊胡箏, 不忍獨聽, 亦以待先生. 然恐先生之憚其枉駕也, 其無意於暫行乎?"

　　居士欣然拂衣而起曰: "子以老夫, 不謂耄且衰, 欲以甘口之藥, 希代之姿, 慰其鬱鬱之思, 老夫亦何敢固辭?" 於是束腰以帶, 猶恐其晚, 納踵於履, 猶恐其遲, 汲汲然出而將歸矣. 客忽然有慵態, 口亦慵而似不能對.

　　俄復翻然告曰: "子旣頷吾請, 似不可改, 然先生昔言之慵也, 今之言也緊; 昔顧之慵也, 今之顧也謹; 昔步之慵也, 今之步也迅. 豈先生之慵病從此而欲盡乎! 然伐性之斧, 色爲甚; 腐腸之藥, 酒之謂. 先生獨於此不覺慵之自弛, 其趨之也如歸市. 吾恐先生由此而之焉, 至損性敗身而後已. 僕慵見先生之如此, 蹙然與先生慵話, 蹙然與先生慵坐, 意者先生之慵病, 無奈移於我哉?

居士赧然泚顙而謝曰: "善矣, 子之諷吾慵也! 吾曩語子以病慵. 今聞子之一言, 急於影從, 不覺慵之去之無蹤也. 始知嗜欲之於人, 其移心也迅, 其入耳也順. 繇此而之焉, 其禍人身也疾且敏, 固不可不愼也. 吾將移此之心, 入於仁義之廬, 去其慵而務其劬. 子謂何如? 子其姑須, 無以嘲吾也."

狂辨

世之人皆言居士之狂, 居士非狂也. 凡言居士之狂者, 此
豈狂之尤甚者乎! 彼且聞之歟? 視之歟? 居士之狂何似乎?
裸身跣足, 其水火是軼乎? 傷齒血吻, 其沙石是齧乎? 仰而
詬天咄咄乎? 俯而叱地勃勃乎? 散髮而號喝乎? 脫裩而奔
突乎? 冬而不知其寒乎? 夏而不知其熱乎? 捉風乎? 捕月
乎? 有此則已, 苟無焉, 何謂之狂哉?

噫! 世之人當閑處平居, 容貌言語人如也, 冠帶服飾人如也.
及一旦臨官莅公, 手一也而上下無常, 心一也而反側不同, 倒
目易聰, 質移西東, 眩亂相蒙, 不知復乎中, 卒至喪彝失軌, 僵
仆顛躓然後已. 此則外能儼然, 而內實狂者也. 玆狂也不甚於
向之軼水火齧沙石之類耶? 噫! 世之人, 多有此狂, 而不能救
己也, 又何假笑居士之狂哉? 居士非狂也, 狂其迹而正其意者
也.

思箴

我卒作事, 悔不思之. 思而後行, 寧有禍隨? 我卒吐言,
悔不復思. 思而後吐, 寧有辱追? 思之勿遽, 遽則多違. 思之
勿深, 深則多疑. 商酌折衷, 三思最宜.

自誡銘

　無曰親昵[昵]而漏吾微, 寵妻嬖妾兮, 同衾異意. 無謂僕御兮輕其言, 外若無骨兮, 苞蓄有地. 況吾不媒近不驅使者乎!

續折足几銘

扶翁之儂者爾乎! 醫爾之躄者翁乎! 同病相救, 孰尸其功乎?

小硯銘

硯乎硯乎! 爾麼非爾之恥. 爾雖一寸窪, 寫我無盡意. 吾雖六尺長, 事業借汝遂. 硯乎! 吾與汝同歸, 生由是死由是.

원문

제3부 세상살이

舟賂說

　李子南渡一江, 有與方舟而濟者. 兩舟之大小同, 榜人之多少均, 人馬之衆寡幾相類. 而俄見其舟離去如飛, 已泊彼岸, 予舟猶遭廻不進. 問其所以, 則舟中人曰: "彼有酒以飮榜人, 榜人極力蕩槳故爾." 予不能無愧色, 因歎息曰: "嗟乎! 此區區一葦所如之間, 猶以賂之之有無, 其進也有疾徐先後, 況宦海競渡中, 顧吾手無金, 宜乎至今未霑一命也." 書以爲異日觀.

忌名說

　李子問吳德全曰: "三韓自古以文鳴於世者多矣, 鮮有牛
童走卒之及知其名者. 獨先生之名, 雖至婦女兒童, 無有不
知者, 何哉?" 先生笑曰: "吾嘗作老書生, 餬口四方, 無所不
至, 故人多知者. 而連擧春官不捷, 則人皆指以爲今年某又
不第矣. 以此熟人之耳目耳, 非必以才也. 且無實而享虛名,
猶無功而食千鐘之祿. 吾以是窮困若此, 平生所忌者名也."
其貶損如此, 或以公爲恃才傲物, 此甚不知先生者也.

理屋說

　家有頹廡不堪支者凡三間, 予不得已悉繕理之. 先是, 其二間爲霖雨所漏寢久, 予知之, 因循莫理, 一間爲一雨所潤, 亟令換瓦. 及是繕理也, 其漏寢久者, 榱桷棟樑, 皆腐朽不可用, 故其費煩; 其經一雨者, 屋材皆完固可復用, 故其費省.

　予於是謂之曰: 其在人身, 亦爾. 知非而不遽改, 則其敗已不啻若木之朽腐不用; 過勿憚改, 則未害復爲善人, 不啻若屋材可復用. 非特此耳, 國政亦如此. 凡事有蠹民之甚者, 姑息不革, 而及民敗國危, 而後急欲變更, 則其於扶越也難哉! 可不愼耶?

草堂理小園記

城東之草堂, 有上園下園, 上園縱三十步, 橫如之; 下園縱橫纔十許步. 步則依古算田法而計之也. 每夏五六月, 茂草競秀, 至將人腰, 而猶不使之鉏之也. 家有矮奴三贏僅五, 見之不能無愧, 以鈍鋤一事更相刮薙, 纔三四步而輟. 閱旬日, 又理他處, 則草生前所理處, 翕然鬈然矣. 又旬日, 復理翕然鬈然者, 則草又生後所理處, 翕鬈然滋茂矣. 如是而終不能盡去焉. 此予之督役弛, 而奴之用力怠故也. 遂蕡而不詰, 乃自理下之小園. 小園力足勝, 故遂去怠奴, 而躬自理之. 劃翦檷鬈, 增卑落高, 使平如棋局之面焉. 於是葛衣紗帽, 徙倚乎其上, 竹簟石枕. 偃臥乎其中, 林影散地, 淸風自來, 兒牽我衣, 我撫兒項, 熙熙怡怡, 足以遣日. 此亦閑居者之一場樂地也.

嗚呼! 有三十步之園, 不能勝理, 移於十步之地, 然後僅能理焉, 是豈拙者之效歟! 推是而移之朝廷, 顧復穢其務而不理耶! 然昔陳仲擧不掃一室, 其志遠也. 由是言之, 大丈夫之蓄意, 亦豈了言哉? 因自笑而私志之. 志而觀之, 亦往往自大笑, 笑復以爲樂也. 甲寅五月二十三日, 記.

蜜蜂贊

採花作蜜, 惟飴之似. 與油作對, 其用不匱. 人不廉取, 罄倒乃已. 汝若不死, 人欲奚旣?

垸擊貪臣說

崔員外洪烈, 志尙剛正, 嘗掌記南京也, 縛殺權臣義文所
遣蒼頭之怙主勢橫恣割人者, 由是著名矣. 爲微官時, 廣會
中有一文士理邑不廉者, 崔君擧飮器瓷垸[埦]將擊之, 先以
口銜指大嘯, 以歕[潝]激其氣, 敢言曰: "坐有貪者, 吾欲擊之.
昔者段秀實笏擊奸臣, 今崔子將垸[埦]擊貪臣矣." 雖不斥
言其名, 其人自省己之不廉, 潛出而遁之. 後有以此爲戲者,
崔君輒怒. 唯李郞中元老笑之, 則雖以銜指大嘯狀示之, 崔
君不得怒, 但低頭自笑而已, 以與李君相好故也.

盧克淸傳

盧克淸者, 不知何許人也. 官止散官直長同正. 家貧將賣宅未售, 而方因事之外郡. 其婦與郞中玄德秀受白銀十二斤賣之. 及克淸還京師, 見其直多剩. 遂持三斤, 詣德秀曰: "予實賈此宅, 只給九斤耳. 居數年, 無所加修, 而剩得三斤, 非理也. 請還之." 德秀亦義士也. 拒而不納曰: "爾何獨守公理, 而予不爾也?" 遂不受. 克淸曰: "予平生義不爲非, 豈可賤賈貴賣, 黷于化[貨]乎? 設閣下不從, 請盡納其直, 復受吾家也." 德秀不得已受之. 因謂曰: "予豈不逮克請[淸]者耶?" 遂納其銀於佛寺. 聞者莫不嘆息曰: "末俗奔競之時, 亦有如此人者乎!" 予恨記事者不詳其家世及餘所行而已.

원문

제4부 떠남과 보냄

殤子法源壙銘

沙彌法源, 吾子也, 捨吾姓而從釋氏者也. 年十一, 投禪師規公, 祝髮爲衲僧, 事師甚謹. 性警悟, 凡使令輒迎導其意, 不須頤指, 故師最愛之. 在寺暴得病, 至吾家臥一宵, 明日而化. 間三日瘞于山. 噫! 何其倏忽也如此? 歲金龍月黃鍾剃度, 年水馬律夾鍾反眞, 爲僧凡一十六月耳. 予遂爲銘詞, 刻三尺木板納于壙, 寓哀而已. 其身與銘, 不如速朽, 何必鑱諸石, 壽其傳哉? 銘曰:

僧其服一日足,

況二冬一夏!

汝死猶可.

祭父文 代人行

月日云云. 父昔在南, 予學京師, 百舍雖艱, 往則覲之. 今之所寄, 北山之垂, 其距都城, 無幾許步, 俄頃可往, 往亦何覩? 竟此一生, 更見無所, 言欲出口, 哽咽難吐. 唯此薄觴, 表予情素. 嗚呼哀哉!

祭李紫微諒文 代子壻崔君行

月日, 子壻某官謹以淸酌庶羞之奠, 敬祭于亡外舅中書舍人李公之靈. 嗚呼哀哉! 公之德望, 太山北斗. 學士崔公諱詵, 銘以觀縷, 大手摛華, 足爲不朽. 英英我公, 耿介自負. 紫微掌制, 居帝左右, 驥首雲衢, 逸足方騁, 孰擠而排, 暴躓其步?

伊予不肖, 早忝婚媾, 一啜一飮, 皆仰于舅, 毫銖莫報, 含玉在口. 予昔與妻, 提挈孩幼, 女戲我膝, 男哭母膃. 予笑謂妻: "速翼汝轂. 爾女旣長, 爾男旣秀, 歲時伏臘, 皿肉舁酒, 率爾孩息, 拜爾父母. 卷韝跽脚, 奉觴上壽, 爾子奉斝, 我酌我手, 爾與爾女, 射受遞授. 平生若此, 何羨貴富?" 妻笑謂予: "是固予守." 嗟乎痛乎! 此志莫就, 身後百饌, 何益之有? 聊以寓哀, 一觴薄酒. 嗚呼哀哉!

全履之哀詞

吾友全坦夫, 字履之, 惇信明敏能文人也. 仕至中軍錄事, 先吾以仕, 而至予之已踐遺補, 猶未遷秩. 貞祐某年, 佐元戎幕府, 出征契丹之犯境者, 方遷八品, 遂隕命戰場. 予悲之爲著詞云:

古有儒將統三軍兮, 制服戎虜如少兒兮. 想夫子之非不爾兮, 奈幕下之官卑? 謀難專斷兮勇非所蓄, 宜乎隕命之如斯! 軍旅之未曾聞兮, 仲尼有以著辭. 胡吾子之習俎豆兮, 遭玆鋒鏑之蹈危? 援松指水有舊盟兮, 淚橫墮兮哭以悲. 已哉更不得覯兮! 吾與誰兮論詩? 豈無余子尚可同兮? 獨子之詞兮簡而能披.

送崔先輩下第西遊序

　　夫士之求售於有司也, 譬之農業, 則若先自疑天澤之必不時, 地力之必不利, 廼不理鎡錤耒耜之具, 而便不耕不種曰: "是天地也, 非我也." 則可乎? 要必磨礪其器用, 旣耕之, 又繼以耘耨, 汲汲欲及時, 然後天時地利之不相答, 則是天地之咎也, 非耕者之罪_ 要必吾子自妙齡, 棲息於書七耘耨礪舌耕之具, 求試於有司, 而有司不取, 是有司之恥也, 非子之恥也. 子退焉, 益復利其器銳其用, 待明有司而較藝, 則朝種暮穫, 積至千廂, 何不稔是懼? 吾子勖之! 一雁南飛, 木葉半脫, 送君此時, 能不哀哉? 白雲居士序.

送同年盧生還田居序

始予與吾子遊學相從, 莫不欲濯纓沐芳, 縱轡青雲, 奮發平生之志矣. 僕也雖未至遠步, 亦得峨冠拖紫, 待罪亞卿, 在吾分足矣. 吾子以儁秀之才, 猶未霑一命, 迺者尋薄田所在, 携家南往, 方其時勢若可矜, 不能無搶心. 及僕之從官歷職, 鮮歡薄味, 殊無有官况, 然後高吾子之勇去, 未嘗不南向再拜也. 今足下間關復蹈京師, 則予疑其不能忘疇昔之志, 有意於筮仕也. 足下留不過數日, 來告行期, 予然後大悔期君之淺, 而復欲頓首再拜, 挹其高風也.

噫! 一夢升沈, 僕已諳之矣, 行當掛冠, 笑謝塵寰, 豈汩沒然終未作靑山白雲人耶? 出處謬悠, 更相見未可期, 努力擧爵, 無以魯酒而辭也. 風日清淑, 鳥鳴嚶嚶, 方將與之遊, 忍捨我而南乎?

送宗上人南遊序

釋子有源宗者將南遊, 來告行, 乞詩與序甚勤. 予謂之曰: "道境至空, 無有東西. 凡浮屠者, 必虛舟其心, 浮雲其跡, 不以東西去住爲想者也. 子之告行於予, 實空門之罪人也. 予唯以目擊送之, 猶爲道境之一點痕纇, 況此區區者乎! 雖然, 子欲之, 吾不可無辭以贈. 請言之."

曰: "夫我以忘懷待之, 雖有情之物, 泯然無情, 我以有想傾之, 雖無情之物, 反爲有情. 子以山水爲可賞, 抑以江南爲山水之最者, 而今有是遊也. 若懸懸傾佇, 持地往觀, 則山益佳水益美, 莫不含情作態, 媚嫵於前後. 煙岫焉呈翠眉之脩嫮; 清湖焉作淡粧之嬋妍, 水樂交奏, 松絃雜彈, 上人於是應接不暇, 忘寢廢食. 雖欲豁斷而來, 奈彼牽引不放何? 然則其與世之嗜色耽聲者, 何以別乎? 情之所著, 一也? 子去觀之, 若果有山水之牽於目著於心, 將挽引而不放者, 當以吾言酌損之, 視山水如糞溷. 悠悠然亟復人間, 還與吾輩雜遊, 視紅塵如靑山綠水, 然後可謂得道者也."

贈詩曰: '一片白雲閑, 隨風落底山? 東西本無繫, 好去好來還.'

원문

제5부 술과 문학

樽銘

移爾所蓄, 納人之腹. 汝盈而能損故不溢, 人滿而不省故易仆.

漆壺銘

自瓠就壺, 貯酒是資. 頸長腹桴, 不咽不歌[欹]. 我故寶
之, 漆以光之. 惟樽惟罍, 曰甕曰甄, 其在于邇, 惟我所麾,
其適于遠, 偃蹇莫隨. 憐哉是壺, 不我敢離. 南行萬里, 道路
嶔崎, 前無冷泉, 後絶淸池, 獨爾所貯, 我吻是滋. 載於後
乘, 何必鴟夷? 報汝之功, 未識何宜. 冊爲壺公, 酒官是司.

酒壺銘

壺兮壺兮, 盛酒斗二. 傾則復盛, 何時不醉? 兀我之身,
豁予之意. 或舞或歌, 皆汝所使. 隨爾者予, 但不竭耳.

上崔相國書

　月日, 國子祭酒翰林侍講學士知制誥李某, 謹上書于相國閣下. 僕本妄庸, 枉蒙閣下之知, 自筮仕無幾年, 而官已登於三品, 至於學士·制誥之任, 無所不兼, 則雖古人之得遭知己, 被國士之遇, 方之於予, 曾莫之較也. 非特獎遇之如此, 又嘗有省飮之戒, 是亦知予之不善飮酒, 小過其量, 則易至狂亂故爾. 雖諸佛菩薩之十戒五戒, 父母之訓敎子弟, 其何以加之哉?

　僕宜奉以周旋, 造次不忘, 不敢以酒失略聞於閣下之耳, 固其所也. 乃反不然, 昨於八關侍宴次, 聖上誤以臣爲能飮, 別自滿斟, 繼之以宣勸, 殷勤痛切. 予始依違遷延, 庶或僥倖免至顚倒, 仰候上之辭色, 不得不恐. 因勉強罄觴, 所以至於恍惚不省耳, 非本心也. 然此亦僕之苟貪天恩, 不量小器所致, 又誰咎哉? 由是, 於再坐之禮, 不得隨例詣座, 至今有司喧騰議論, 再聞於聖聰, 議及閣下, 則雖賜以萬死之誅, 亦所甘受也. 然賴閣下終始護短, 一皆原貸, 則是實天地不貲之恩, 非一生所報也.

　且以予所犯言. 失侍臣之禮, 罪一也; 忝閣下之知, 罪

二也; 忽閣下之戒, 罪三也. 瑕垢之重, 江水莫洗, 雖幸蒙寬
宥, 將何面目復立朝廷, 備侍臣之數耶? 伏望閣下直於此
時, 俾解官職, 退伏田里, 誠大幸也. 若又不爾, 容之以大
度, 使復齒於朝列, 則落三字之職以避法, 從近密之班, 斯
又大賜也. 此非妄飾, 實出由誠. 伏惟諒而裁之云云.

與全履之手書

某啓. 前日晨起, 偶閱吾箱篋中所貯詩藁. 見詩卷中所載平昔與遊中輩行故人之姓字, 一半已爲鬼錄. 餘各飄散千里, 耗音不相聞者亦多, 念之不覺失聲驚呼. 中間遇咸子眞·吳德全輩數四君, 爲忘年友, 亦皆長逝. 此則先輩也, 理必應爾, 雖少壯亦不可恃, 人命脆弱, 一何如此?

噫! 唯足下與僕, 幸各無恙, 日相與遊, 未嘗睽折有間也. 雖然, 人生聚散無常, 今日會合, 不知明日又各去何處也. 未爾間, 但努力圖窮樂事耳, 外此何與於我哉? 前者飲李君家甚快樂, 至扶掖而還, 醉中不知道何等語. 足下尙知之否? 但記半酣時索素琴彈之耳, 安和寺環碧亭淸軒兩度飲中狂態何如也?

吾家近日釀酒, 頗香釅可飲, 忍不與君輩共酌耶? 況今紅杏微拆, 春氣融怡, 使人情惱亂多感, 佳節如此, 不飲何爲? 望與李君朴還古輩來飲. 不然, 吾家酒不數日輒乾也, 迨後見訪, 但遭水厄耳. 惶恐頓首.

書韓愈論雲龍雜說後

　　愈之說曰: "龍噓氣成雲, 雲亦靈怪矣. 龍之使能爲靈也, 若龍之靈, 非雲之所使靈也. 然龍不乘雲, 無以神其靈. 異乎! 其所憑依, 乃所自爲也." 韓之說如此, 予謂之曰: 非獨龍也, 人亦猶爾. 言龍而不及人, 何也? 詳味韓之意, 以龍而喩人. 喩人而不及人, 欲令意有所蓄而不直洩也.

　　夫粲乎文章, 鬱乎詞氣, 皆人之所自吐也. 絢焉爲錦繡羅縠, 峭焉爲高峯絶岸, 舒也卷也彤也靑也, 皆類雲之紛紜翕霍千狀萬態也, 則可謂靈怪矣. 其靈也, 乃人之所自爲, 而非文章才藝之能靈人也. 然人不憑文章才藝, 亦無以神其靈也. 且乖龍不能興雲, 唯神龍然後興之, 則非雲之靈其龍審矣. 然龍不乘雲, 無以神其靈. 庸人不能吐文章詞氣, 唯奇人然後吐之, 則文章之不能靈人亦審矣. 然人不憑文章, 亦無以神其靈, 則神龍與詩人之變化一也. 請以此洩韓之微也.

驅詩魔文 效退之送窮文

夫累土而崇曰丘陵, 瀦水而瀶曰溝井, 其或木也石也屋宇
也墙壁也, 是皆天地間無情之物. 鬼或憑焉, 騁怪見妖, 則
人莫不疾而忌之, 且呪且驅. 甚者夷丘陵塞溝井, 斬木椎石,
壞屋滅墙而後已. 人猶是焉, 厥初質樸無文, 淳厚正直, 及
溺之於詩, 妖其說怪其辭, 舞物眩人, 可駭也. 此非他故, 職
魔之由, 吾以是敢數其罪而驅之曰:

"人始之生, 鴻荒樸略, 不賁不華, 猶花未萼; 鍞聰塗明,
猶竅未鑿. 孰闢其門, 以挺厥鑰, 魔爾來闖, 酋然此託, 耀世
眩人, 或髼或□; 舞幻騁奇, 勃屑翁霍, 或媚而嫿, 筋柔骨
弱; 或震而聲, 風飂浪□. 世不爾壯, 胡踊且躍, 人不汝功,
胡務刻削? 是汝之罪一也.

地尙乎靜, 天難可名, 吻乎造化, 瞵[璘]若神明. 沌沌而
漠, 渾渾而冥, 機開[關]闔邃, 且鐍且扃. 汝不是思, 偵深諜
靈, 發洩幾微, 搪突不停. 出脅兮月病, 穿心兮天驚, 神爲之
不恮, 天爲之不平, 以汝之故, 薄人之生. 是汝之罪二也.

雲霞之英, 月露之粹, 蟲魚之奇, 鳥獸之異, 與夫芽抽萼
敷, 草木花卉, 千態萬貌, 繁天麗地. 汝取之無愧, 十不一

棄, 一矚一吟, 雜然坌至, 攢羅戢孴, 無有窮已, 汝之不廉, 天地所忌. 是汝之罪三也.

遇敵卽攻, 胡礙胡曡? 有喜於人, 不衮而賁; 有慍於人, 不刃而刺. 爾柄何鉞, 惟戰伐是恣, 爾握何權, 惟賞罰是肆? 爾非肉食, 謀及國事; 爾非侏儒, 嘲弄萬類. 施施而夸, 挺挺自異, 孰不猜爾, 孰不憎爾? 是汝之罪四也.

汝著於人, 如病如疫, 體垢頭蓬, 鬢童形腊. 苦人之聲, 矉人之額, 耗人之精神, 剝人之胸膈. 惟患之媒, 惟和之賊. 是汝之罪五也.

負此五罪, 胡憑人爲? 憑於陳思, 凌兄以馳, 豆泣釜中, 果困于箕. 憑於李白, 簸作顚狂, 捉月而去, 江水茫茫. 憑於杜甫, 狼狽行藏, 羈離幽抑, 客死耒陽. 憑於李賀, 誕幻怪奇, 才不偶世, 夭死其宜. 憑於夢得, 譏訕權近, 偃蹇落拓, 卒躓不振. 憑於子厚, 鼓動禍機, 謫柳不返. 誰其爲悲, 嗟乎爾魔! 爾形何乎, 歷誤幾人?

又鍾於吾. 自汝之來, 萬狀崎嶇. 怳然如忘, 戀然如愚, 如瘠如瞶, 形熱跡拘. 不知飽渴之逼體, 不覺寒暑之侵膚. 婢怠莫詰, 奴頑罔圖. 園翳不薙, 屋痡不扶. 窮鬼之來, 亦汝之呼. 傲貴凌富, 放與慢俱, 言高不遜, 面强不嫌, 着色易惑, 當酒益龘, 是實汝使, 豈予心歟? 狺狺吠怪, 寔繁有徒. 我故疾汝, 且呪且驅. 汝不速遁, 搜汝以誅."

是夕疲臥而枕上騷, 窣然有聲, 若色袖文裳而煌煌者卽而告余曰: "甚矣, 子之詆我也斥我也! 何疾我之如斯? 我雖魔之微, 亦上帝所知. 始汝之生, 帝遣我以隨; 汝孩而赤, 亦潛宅而不離; 汝童而妣, 竊竊以窺; 汝壯而幀, 騫騫以追. 雄子以氣, 飾子以辭. 場屋較藝, 連年中之, 欻天動地, 名聲四飛, 列侯貴戚, 聳望風姿. 是則我之輔汝不薄, 天之豐汝不貲. 惟口之出, 惟身之持, 惟色之適, 惟酒之歸, 是各有使, 非吾所尸. 子胡不愼, 以狂以癡? 實子之咎, 非予之疵." 居士於是, 是今非昨, 局縮忸怩, 磬折以拜, 迎之爲師.

論詩中微旨略言

夫詩以意爲主, 設意尤難, 綴辭次之, 意亦以氣爲主, 由氣之優劣, 乃有深淺耳, 然氣本乎天, 不可學得, 故氣之劣者, 以雕文爲工, 未嘗以意爲先也, 蓋雕鏤其文, 丹靑其句, 信麗矣, 然中無含蓄深厚之意, 則初若可翫, 至再嚼則味已窮矣.

雖然, 凡自先押韻, 似若妨意, 則改之可也. 唯於和人之詩也, 若有險韻, 則先思韻之所安, 然後措意也. 至此寧且後其意耳, 韻不可不安置也. 句有難於對者, 沈吟良久, 想不能易得, 則卽割棄不惜, 宜矣. 何者? 計其間儻足得全篇. 而豈可以一句之故, 至一篇之遲滯哉? 有及時備急則窘矣.

方其構思也, 深入不出則陷, 陷則着, 着則迷, 迷則有所執而不通也. 惟其出入往來, 左之右之, 瞻前顧後, 變化自在, 而後無所礙而達于圓熟也. 或有以後句救前句之弊, 以一字助一句之安, 此不可不思也.

純用淸苦爲體, 山人之格也, 全以妍麗裝篇, 宮掖之格也. 惟能雜用淸警雄豪妍麗平淡然後備矣, 而人不能以一體名之也.

詩有九不宜體, 是予所深思而自得之者也. 一篇內多用古人之名, 是載鬼盈車體也. 攘取古人之意, 善盜猶不可, 盜亦不善, 是拙盜易擒體也. 押強韻無根據處, 是挽弩不勝體也. 不揆其才, 押韻過差, 是飮酒過量體也. 好用險字, 使人易惑, 是設坑導盲體也. 語未順而勉引用之, 是強人從己體也. 多用常語, 是村父會談體也. 好犯語忌, 是凌犯尊貴體也. 詞荒不刪, 是莨莠滿田體也. 能免此不宜體格, 而後可與言詩矣.

人有言詩病者, 在所可喜, 所言可則從之, 否則在吾意耳. 何必惡聞, 如人君拒諫終不知其過耶? 凡詩成, 反覆視之, 略不以己之所著觀之, 如見他人及平生深嫉者之詩, 好覓其疵失, 猶不知之, 然後行之也. 凡所論, 不獨詩也, 文亦幾矣, 況古詩者, 如以美文句斷押韻者佳矣. 意旣優閑, 語亦自在, 得不至局束也. 然則詩與文, 亦一揆歟!